GOBOOKS
& SITAK
GROUP©

三日月書版

三日月書版

輕世代
FW167
Residence of Monsters
妖怪公館の新房客
6
NOVEL 藍旗左衽 ILLUST 謖
学園祭Mission Clear
三日月書版

妖怪公館の新房客

《人物設定》

封平瀾

人類，曦舫國際學園高一新生。
極度樂觀，少根筋，經常搞不清楚狀況。
必須打工賺取學費生活費，使得個性上也有窮酸摳門的一面。
身兼多職導致易疲累，因此非常討厭休息時被打擾，有嚴重的起床氣。
有著手賤的毛病，熱愛肢體接觸。

百嘹

妖魔（魔蜂）。
長相俊美，心機深沉，總是帶著玩世不恭的笑容，因此極受女性歡迎。
輕佻的說話方式，讓人無法分辨其話語中是謊言還是真心。重度嗜吃甜食。
偽裝身分：學生

奎薩爾

妖魔（羽翼蛇），公館內眾妖之首。
孤高冷厲，長相英俊但萬年臭臉。對自己在妖魔界的主子雪勘皇子非常忠心。
討厭人類，但在封平瀾身上看見和自己主子相似之處，
所以不自覺對封平瀾產生微妙的好感，然後又因此感到生氣懊惱。
偽裝身分：校醫

墨里斯
妖魔（黑豹）。
火暴衝動，豪邁不羈。
個性好惡分明，喜怒形於色的硬漢。
喜歡鍛練身體，動作粗暴，常會弄壞東西。
私底下非常喜歡小動物。
希茉
妖魔（妖鳥）。
個性內向畏縮，瀏海蓋過半張臉，害怕與異性接觸。
私底下非常喜歡看重口味的少女漫畫和言情小說。

冬犽

妖魔（雪貂）。
溫柔木訥的好男人，被觸及地雷會變得非常恐怖。
喜歡做家事，有點潔癖，料理苦手。
缺點是愛亂花錢，對於家電和清潔用品毫無招架之力。
偽裝身分：學生

璁瓏

妖魔（龍）。
神經質小心眼又愛記恨的傲嬌一枚，
記憶非常好，腦中有人界和妖界的所有知識。
有搜集汽車火車模形的嗜好，但不管坐任何陸上交通工具都會暈車。
偽裝身分：學生

曇華
妖魔（花妖）。
個性謙卑拘謹，溫柔和善。
封印被海棠解開，從此忠心侍奉海棠。
海棠
人類，曦舫國際學園高一新生。
高傲的小少爺。
個性火爆易怒，好挑釁爭鬥，有時又容易鑽牛角尖、陷入彆扭之中。

伊格爾

人類，曦舫國際學園高一新生。
個性老實，木訥寡言，為人重義氣。
與契妖伊凡一同入學，因為極為相似的外貌，
一般被人誤以為是孿生兄弟。

伊凡

妖魔（？？？）。
個性狡黠任性，愛熱鬧，非常孩子氣。
自行選擇伊格爾訂立契約，並化為與伊格爾極為相近的外貌。
偽裝身分：學生

目錄

Chapter1

當你拿刀割斷別人喉嚨的時候，你有想過對方可能對金屬過敏嗎？沒有，因爲你只想到你自己

凜冬深夜。

古老水都的街道上空無一人，以石子鋪成的道路因潮濕的空氣而結了層薄薄的冰，薄冰反射著月光，步步皆清冷。

「啪、啪、啪。」

穿著長風衣的中年男子走在路上，腳步聲伴隨著破冰聲在深巷裡迴響。男子蓄著修剪得宜的八字鬍，量身訂做的西裝價格不斐，銳利的眼神裡帶著權貴階層特有的優越及蔑然。

這樣的人卻在深夜裡出現在下城區。那一身的行頭在踏入巷弄時，理應立即為他招來犯罪分子的青睞，在五分鐘內被地痞流氓洗劫。運氣好的話，受點傷倒在街角，明晨被送報員發現然後在醫院躺一陣子；運氣不好的話，今晚運河上將多一具浮屍。

然而，他已出現在此將近二十分鐘了，不論是光鮮的外衣或是那響亮的腳步聲，絲毫沒有引起任何人的注意。

蜷縮路旁的乞丐在睡夢中隱約聽見聲響，睜眼回頭查看，看見一個人影走過，但卻又下意識地認定那無關緊要，直接忽略，繼續沉回夢鄉。在陷入沉睡之前，他隱約注意到，殘留在眼皮底的視覺殘像，那黑色的人影身周，似乎閃爍著藍灰色的詭異光影——那又如何？睡吧。

中年男子穩步向前，倏地止步，目光轉向一旁的巷弄。幽深的巷道一片漆黑，但盡頭處亮著鵝黃色的溫暖光芒，來自一間小小的店舖。

鵝黃的燈光在寒夜裡吸引著人靠近。明顯是個陷阱。

中年男子輕蔑一笑，邁出自信的腳步，果斷地踏入巷中。

走到巷底，陳舊的木門上掛著一塊生鏽的金屬招牌，上頭寫著「正宗白魔法占卜、愛情咒語、藥草茶」。看起來就是一間生意不佳的算命館。

他伸手拉動青銅的獅頭門環，敲了敲，接著扭開門把，步入屋中。

屋裡空間不大，四周堆滿了雜物，中央有張圓桌，上頭鋪著中東風格紋路的桌巾，桌面上還放著顆水晶球，桌後坐著一名身穿著斗篷的老嫗。

「啊呀，真沒想到，這麼晚了還有客人！真是蒙主恩待，看來耶誕節可以過得不錯。」老嫗以粗啞的嗓音開口，開心地看著眼前的訪客，打量那一身行頭，眼底露出貪婪的光彩。「請坐、請坐，我能幫上先生什麼忙呢？占卜、解夢……啊，還是要來一帖保證有效的愛情魔藥呢？哈哈，開玩笑的，先生長得如此俊秀迷人，應該不需要這個。」

中年男子沒入座，而是以帶著輕蔑與仇視的冷厲眼神，瞪著眼前的老嫗質問：「你那蹩腳的偽裝對我沒用。供出你的主子和基地位置，我可以考慮讓你死得痛快些。」

老嫗愣了愣，接著笑出聲，「先生的脾氣挺大的呢，是不是喝多了酒？」她伸出手，一手撐著頭，一手搭上面前的水晶球，「明天就是耶誕節了，我來幫你算算會得到什麼禮物吧。」明明是年過七十的老婦人，但是覆在水晶球上的手掌大而厚實，指頭修長，肌膚平滑，隱隱透出底下有力的筋骨。

中年男子伸手，一枚利刃出現掌中，筆直向老嫗揮刺而去。

搭在水晶球上的手靈巧地一個翻轉，將渾圓的晶球挑起，接著以手背輕巧地盛接，然後輕輕一拱，彈飛而起。揮落的刀刃恰好刺下，在水晶球光滑的表面鑿出一道醜陋的裂痕。

老嫗翻手，掌心朝上，在晶球落下時，正好穩穩地接住。她苦惱地看著破損的晶球，「冷靜點，羅伯特，德利索家族沒教你禮儀嗎？」

中年男子身子微微一震。他並未報出身家姓名，對方竟然知道他的來歷！他戒備地抽出隱藏在風衣下的劍，準備隨時攻擊。

老嫗沒理會此一舉動，而是自顧自地看著水晶球，「如果不知道要算什麼的話，我來幫你算算工作運吧。」她煞有其事地盯著水晶球，點了點頭，「噢，我看見了，是個吉兆。你會脫離現階段受制於人的劣境，高升到一個更能發揮所長的位置。」老嫗抬起頭，「新的主子會對你很好，讓你得到應有的榮寵，重點是，他和你更加相近。」

羅伯特嗤笑了聲，「德利索家族在協會的長老院裡占一席，這可不是劣境。」他將劍尖轉了個方向，對向老嫗，「表演完了嗎？還有什麼三流把戲要耍？或者，在失去雙手之後你會更願意配合。」語畢，利刃猛地朝著老嫗的手揮落，攻勢比方才的突襲更加凌厲。

但是劍刃在距離對方身體的五公分處便突兀地停頓，彷彿有道看不見的牆阻隔其中。

「你的結局已經很明顯了，沒有占卜價值。」老嫗笑了笑，指向羅伯特胸前的懷錶，「我說的是藏在你身上那個小盒子裡的那位。」

羅伯特臉色一凜，大吼，「瓦爾各！」

幾乎是同一時間，懷錶的錶面發出白光，一道灰影倏地自其中竄出，五道藍色的光波衝向老嫗，藍光擦過的桌面彷彿被巨大的力量擊中一般，瞬間粉碎。

老嫗閃避，但其中兩道藍光仍擊中了她。擦身而過的另外三道藍光，將她身後的櫥櫃、雜物，瞬間轟得碎爛。一時間，屋內瀰散著煙霧塵屑。

老嫗癱坐在位置上，低垂著頭，動也不動。

灰影落地，化為一名體型精碩的男子。男子有著蒼藍的雙眸，灰色的短髮，剛毅的容顏沒有任何表情。他恭敬地單膝跪伏在羅伯特身旁，低頭不語。

「出手太重了！」羅伯特斥責，對於瓦爾各成功護主一事視若無睹，「好不容易比莫萊家先找到線索，我可不想錯過任何一次在長老庭上羞辱他們的機會！」

「非常抱歉。」瓦爾各平板地說著。「他還活著，還在呼吸。」

羅伯特哼了聲，走向老嫗，傲然地開口，「發生在慕尼黑、格拉茨和布爾諾的召喚師失蹤案，是你的同黨幹的吧？說出主謀的名字！」

「就這樣？」低著頭的老嫗發出兩聲輕笑，原本粗啞的聲音轉變為低沉的男聲，「你不關心那些失蹤的召喚師下場如何？」

「無法保護自己的弱者，沒有關注的必要。」羅伯特察覺到對方的異常，冷靜回應，但對著身旁的瓦爾各使了個眼色。

瓦爾各靜默地站起身，雙手化為狼一般的獸爪，爪尖流竄著藍光。

「滴鈴嗶嗶嗶——」

電子音樂伴隨著震動聲響起，打破了這肅殺的氣氛。

原本癱坐在位置上的老嫗發出了聲抱怨的嘆息，「啊呀，本來想再玩玩的說，急什麼呢……」

說著老嫗將手伸入斗篷底下。瓦爾各見狀，以為對方要掏出武器，立即揮動雙爪，再度射出帶著妖力的光波。十道藍光朝著老嫗射去。

對方隨手一揮，像是趕蒼蠅一樣甩開那十道光，藍色的光杜瞬間轉為暗淡，化為細煙，消散在空中。

瓦爾各和羅伯特震驚地瞪大了眼。在他們來不及有下一步反應時，老嫗的指頭在空中快速地畫了個無形的陣圖，碎裂在地的水晶球碎塊發出亮光，朝著瓦爾各和羅伯特射去，刺穿了兩人的雙掌雙腳。

羅伯特想將那水晶碎塊拔除，但他發現手和腳都無法動彈，像是被那碎晶石釘在空中一般。瓦爾各的情況也一樣。

老嫗的手在斗篷下探了探，抽出手機接聽。

「晚安，或者應該說早安？首爾那裡應該已經早上了吧。」老嫗一邊聽著電話，一邊起身。

「快搞定了。」回答的同時將身上的斗篷卸下，露出了穿著黑色勁裝的頎長身形，接著跨過滿地瘡痍，走向牆邊，面對著那龜裂的鏡子。

「噢，只是花了點時間寒暄，作弄協會高階召喚師的機會可不是每天都有。」他伸手脫去頭上蓬鬆的紅色捲髮，露出了黑色的短髮，接著從口袋裡抽出一個小藥瓶，往掌心倒了點雪白的液體，往臉上抹了抹。

羅伯特看著對方的背影，企圖從鏡子的反射看清對方的長相，但視線受阻。他粗聲粗氣地警告，「你最好別輕舉妄動！德利索家族的人馬上就會趕到，他們不會放過你的！」

「我知道，我知道。」面對著鏡子的男子開口，但他回應的不是羅伯特，而是電話裡的人。

「不用擔心，我會準時出現在主上面前的。小・西。」

電話彼端傳來一陣冷冷的斥喝，接著通話被切斷。

「不好意思，我的同事脾氣有點急躁，所以，速戰速決吧。」鏡前的人正要轉身，但停頓了一下，「噢，差點忘了。」他從口袋裡掏出半面的雪白面罩，戴上，在鏡前發出噗嗤一笑，然後轉過身。

「紳士怪盜?!」

「是的，你好。」紳士怪盜讚賞地拍了拍手，「沒想到你會認得我這個小角色，真是榮幸啊。」

「德利索家的賞金獵人接過你的案子……」某個初出茅蘆的新人召喚師是第一個接下任務的人，本想藉這機會打響名號，卻栽了跟頭。因為太過丟臉，德利索家的人便假裝沒發生過這件事，並且暗中動手腳，把案件列入D級任務，降低世人的關注度。他是負責善後處理的人，所以對這號人物印象深刻。

「沒想到……我現在了解了，你做那些無聊的事，是為了掩人耳目，隱藏真正的陰謀！」

「噢，是呀。」紳士怪盜直接承認，接著望向始終沉默的瓦爾各。「好了，回歸正題。現在，在你面前有一個升遷的機會，你可以換到更好的工作崗位，有更多的空間發揮你的能力，而且有個更了解你的主管。不用卑躬屈膝地侍奉那些貪婪又無能的召喚師，也不用整天守著那自以為是的老屁股等他發號施令。很棒吧？」

「這算什麼！」羅伯特怒斥。

「挖角。」

瓦爾各依然面無表情。他沉默了一秒，開口，「我不能背叛我的主子。」

「是不能背叛，還是無法背叛？」紳士怪盜反問。

「他沒有選擇權！」羅伯特得意地開口，「依照契約，只要待在人界，他就無法侍奉德利索家族以外的召喚師，否則契約裡的咒語將會給予死亡制裁！」他望向瓦爾各，宣誓般地低吟，「他是德利索家族的所有物，若是德利索家無法擁有，外人也休想染指……」

瓦爾各剛毅淡漠的臉上，閃過了一絲痛苦。

「噢，我知道。協會裡的召喚師盡是些占有欲強烈的偏執狂，這是常識。」紳士怪盜走向瓦爾各，「不過，他們的驕傲，造就了我們更多的機會。」

羅伯特盯著紳士怪盜，趁著對方將注意力放在瓦爾各身上時，咬破嘴唇，將血吐在肩頭的徽釦上。

鑄著箭矢紋樣的徽釦瞬間化成金箭，朝著紳士怪盜的腦門射去。

箭矢劃破空氣，穿透紳士怪盜周邊的防護網時頓了一頓，但仍衝破結界，繼續向前，刺中了雪白面罩。

這是羅伯特的最後一擊，危急時用來救命的最後一招。

面罩上刺著箭鏃之處裂出了黑色的縫，然後「啪」的一聲，化為兩半，與箭矢一同掉落地面。

面具底下的容顏沒有半絲傷口，完整無缺。

羅伯特在看見對方的臉孔時，露出了驚愕的表情。「是你——」

紳士怪盜沒有給他更多發言時間，以腳尖踢起金屬箭矢，握住，猛力刺向羅伯特的咽喉。

「不愧是德利索家族，連協會核心的機密都能得知。莫萊家族在協會裡能碰的消息和情報少多了，其實你們根本不用把他們當成對手。」紳士怪盜笑了笑，「知道這些，你應該可以安心地死去了，對吧？」

羅伯特的雙眼在瞬間閃過了無數的情緒，最明顯的是不解。他想開口，但吐出的盡是鮮血。最後雙眸轉為暗淡，全身頹然無力地向後傾倒。

看著死去的羅伯特，瓦爾各依然板著臉，沒有夥伴被殺害的憤怒，也沒有獲得解放時的喜悅。

「你殺了他。」

「你要為他報仇嗎？」紳士怪盜笑問。

「不。」瓦爾各輕嘆了聲，「雖然我想向你說謝謝，但你這樣的行為也毀了我，我無法與德利索家以外的召喚師立約……」

他回不了幽界，也不可能和其他召喚師締約。雖然他可以像僭行的妖魔一樣，靠著掠奪人類的生命而存活，然後一輩子在人界躲躲藏藏，苟且偷生。

那樣不如去死。

「沒有人要你和召喚師立約呀。」紳士怪盜笑著開口，「你要立約的對象，是皇族。」

「皇族的人來人界了？為什麼？幽界出了什麼事嗎？」

「鳩慈殿下有他的計畫，其中之一就是解救出那些受困於召喚師的妖魔。」紳士怪盜笑了笑，「感動吧？」

瓦爾各挑眉，「和我印象中的皇族不太一樣。鳩慈是誰？」他來到人界已經四百多年了，而幽界不曉得已經過了幾千年，完全不是他離開時的樣子了。

「現任的三皇子。」

「皇子？所以他不是帝君？」

紳士怪盜再度漾起笑容，「你很聰明，瓦爾各，我喜歡你。」他壓低了嗓音，輕吐出忠告，「不過，有時候保持沉默是上策。我們現在所討論的是，你願意和鴆慈皇子訂立契約，為他效忠嗎？」

瓦爾各看著紳士怪盜，片刻，勾起自嘲的笑容，「當然。再怎麼樣都比當召喚師的契妖好，況且我也沒有別的選擇。」

「恭喜！歡迎你加入三皇子的麾下！」紳士怪盜拍手，嵌刺在瓦爾各雙手雙腳上的晶石瞬間化為粉末。

瓦爾各動了動回復自由的雙手，上頭血跡斑斑，他隨手將血抹在褲子上，掌心的傷口已經開始復原。

「那麼，新上任的第一件任務，就是處理掉你前主子的屍體。任何痕跡都不要留下，除了血以外，魔力殘留的痕跡與波動都要撤除。」紳士怪盜望了眼地上的羅伯特，「沒問題吧？」

瓦爾各笑了聲，將羅伯特的屍體扛起，「他要我做過太多骯髒事，藏屍是比較乾淨的工作，早就駕輕就熟了。」

「感謝羅伯特幫我們進行員工培訓。」紳士怪盜撿起地上裂成兩片的面罩，轉身走向一旁的矮櫃，拿出外套和帽子穿戴，「搞定後去梅斯特雷的瞭望塔，接應的人在那裡等你。」

「你是人類吧？」在紳士怪盜要踏出小屋之前，瓦爾各忽地開口，「為什麼要幫助妖魔？」

「我有我想做的事，目前我的目標和三皇子一致，合作對雙方都有利。」

「目前有利……所以，總有分道揚鑣的時候？」瓦爾各看著紳士怪盜，「總有一天，我們是否會兵戎相見？」

紳士怪盜看著瓦爾各，淺笑，「你真的很聰明。」他轉過頭，「你最好少說點話，否則是沒有辦法見到未來怎麼發展的。」

紳士怪盜推開門，踏出那充滿血腥味的空間。

夜更深了些，寒氣也更加凜冽。每一口呼出的空氣都化成一團白霧，在面前快速地聚散。他將圍巾拉高，擋住面容，抵擋住寒氣。

他朝著市中心走去。街道上沒什麼人，但酒吧裡仍斷續地傳來歡鬧的聲響，路旁的街燈，仍亮著燈的商店櫥窗，讓整條道路看起來不那麼孤寂空虛。

越過一間間擺設精緻的商店——服飾店、精品店、糕餅店——即使打烊了，但櫥窗裡的商品依舊是那麼完美。

忽地，他的目光被其中一間店鋪吸引。

那是一間古董店，櫥窗裡擺放著各式各樣、從落魄貴族家中流落出來的奢華用品，珠寶、煙盒、煙斗、鋼筆等。其中抓住他目光的，是嵌著琺瑯彩繪的金色音樂盒，同款式的音樂盒有兩個，一個是藍色調，一個是紫色調。

他打量了片刻，拿出手機，按下快速播號鍵。

幾秒後，電話被接通。

興奮的嗓音從彼端傳來，「工作忙完了嗎？還順利嗎？你今天晚上會回來嗎？」

面對一連串的問話，他不禁莞爾，「已經處理完了，一切順利。我兩個小時後會抵達。你喜歡藍色還是紫色？」

「嗯?」雖然對這突如其來的問題感到困惑，但兩秒後，還是給了答案，「藍色。怎麼了?」

男子笑而不答。「沒什麼，後天你就知道了。」

「啊。」電話傳來驚訝的呼聲。

「怎麼了?」

「下雪了。」

他抬頭，望見雪白的晶瑩飄落。

一片，兩片，下一刻，有如羽絨般的雪花漫天飛舞著。

「記得關窗。」他知道他喜歡雪，每次遇到下雪時都會格外興奮，甚至開著窗讓雪花飛入屋中。融化的雪水滲入床鋪和電器之中，造成嚴重的損失。

「我知道，那次只是意外……」

他微笑，掛上電話後，他將招牌上的電話和營業時間記下，接著轉身步回原本的道路。

雪花落下。

封平瀾將手伸出窗外，看著那軟綿綿的白色透薄結晶落在掌心。

明明是副熱帶氣候區，平地卻下起了雪。

這場雪是海參崴德米特里高校的學生帶來的表演之一。

當連通各校的結界打通時，天空便飄起雪，在雪花狂漫飛舞後，以冰雪構築成的城堡出現在眼前。降雪會持續三天，直到活動結束，讓曦舫的學生有個白色的耶誕節。

妖魔的法力真是厲害呀……

雪花在掌心融化，但下一片雪花隨之飄落，在手上綻放冰涼的觸感。

好冰喔。封平瀾恍神地呵呵傻笑。

這冰涼的雪，應該可以撫平此刻他胃部傳來的灼熱感吧。

朝上的掌心下意識地抓了抓，彷彿想撈取更多的雪花。

雪好漂亮喔，哈哈哈，這個時候唱歌的話，會出現皇宮嗎？屬於他的冰雪之城。啊！不過，如果整座城堡都是冰做的，上廁所時屁股會被黏在冰馬桶上吧？拔起來的時候應該會痛到爆……話說，冰馬桶聽起來很像兵馬俑，那些泥塑的士兵，說不定不是保衛地下陵寢的人形兵器，而是皇帝陛下御用的人形便器……

「喂！你在幹嘛！」斥喝聲從室內傳來，將封平瀾的意識拉回現實，「你把手伸出去幹嘛?!該不會是把食物偷偷倒掉吧！」

「樓下沒人發出慘叫聲，顯然是沒有……唔！」海棠冷聲反駁，然後在句末趕緊吞回升起的反胃感。

封平瀾緩緩地回過頭，望向屋內。

此時的他，正坐在影1A的教室之中。四個小時以前，教室內的四面牆都覆蓋上了華麗的飾板，上頭細緻的彩繪出自於宗蜮之手；地面鋪上了深藍色調的地毯，課桌椅被換成了北歐系的木製餐桌組。

但是此刻，華麗的歐風裝潢，被黑、紅、褐三色為主的暗色調給布滿，化為西方煉獄般的景色。

這是他們的攤位，主打當下最流行的早午餐輕食餐廳。

不過，現在擺在他面前的，不是以新鮮蔬果和燻鮭魚組成的海洋帕尼尼，而是擺在電磁爐上的一鍋深褐色濃稠湯汁，湯面載浮載沉地漂浮著看不出來路的食物碎塊。

說深褐色也不恰當，這鍋東西的顏色不斷變化，每一次都變得更加詭譎駭人。

「換你了！快吃！」曹繼賢催促。

封平瀾抬頭，看著面前的人。長方形的桌旁，此時坐著六個人，這一側是他、海棠、伊格爾，另一側是傑拉德、狩野千春、曹繼賢。三三對峙。

長桌外圈圍了不少人，面色凝重地旁觀著，大部分的人都戴著口罩。最外圈則是休息區，身體不適的人三三兩兩坐在那裡休息。在不久之前那裡躺了更多人，情況嚴重的早已送去醫療中心了。

長桌旁，冬犽穿著執事風格的服裝，在旁邊候著。他的表情帶著些歉疚，同時也帶著躍躍欲試的期待。

「喔，好啦。」封平瀾低下頭，看著面前的碗。容器裡有半碗深褐色濃湯，寬敞的碗口邊緣印著學生餐廳的字樣，那是向中央食堂拉麵店借來的餐具。

唉，他應該向水餃店借醬油碟的……

他拿起湯匙，往碗裡攪了攪，一股難以言喻的刺鼻氣味隨之飄起。

啊，太好了！沒有料了！只剩湯了！

封平瀾開心地為這微薄的小確幸漾起笑容。

接著他深吸一口氣，捧起碗，一鼓作氣地把碗裡的湯喝下。

他覺得他的眼前迸起了各式各樣的煙花，但這些煙花都是大地色的，看起來像是被高速駛過的車輪激起的有機肥料。耳邊彷彿響起了激昂而喧囂的音曲，但奏樂的不是柏林愛樂，而是送葬樂團。

圍觀者無不發出驚恐的呼聲，對這勇者投以致敬的目光。

封平瀾把碗裡的最後一滴湯汁咽下，動作停頓在空中，花了約兩秒才抓回意識，接著，將碗重重放回桌面。

「換里……換你們了！」他本想帥氣地挑釁敵手，但方才的濃湯對他的口腔刺激過強，導致他一開口就大舌頭。

千春和傑拉德臉色轉為墨綠，盯著自己面前的碗，艱難地拿起湯匙。

「加油！我的伙伴！我精神與你們同在——唔！」

坐在邊緣的曹繼賢鼓舞著士氣，但他話才說到一半，立即被突然湧起的胃酸給嗆到，咳了好一陣，他轉過頭，泛紅的雙眼惡狠狠地瞪向封平瀾，「這筆帳我和你沒完……」

海棠火大地拍桌，但是此時身體虛弱的他掌心落到桌面，只發出了一聲小小的悶響。

「要不是你搞那些無意義的小動作，哪會發展成這樣的局面！這是你自做自受——唔嘔！」

封平瀾將紙巾遞給海棠，目光又移向了窗外，看著飄落的雪。

雪好美喔……

他原本以為試煉結束可以放鬆心情，悠閒地度過慶典時光。

怎麼會落到這樣的處境呢？

十小時前。

試煉結束後第二天一早，連接到其他四所召喚師學院的通道接通，四校負責擺設攤位的團隊透過次元通路來到曦舫，在經過空間延伸的廣場上駐紮。

雖然曦舫是慶典招待的主籌，但另外四校並未因此而鬆懈。來自雪國的德米特里高校一出場便召來了雪，並在雪花紛飛中，以冰雪和鋼鐵，極快地搭建出了一座威風凜凜的六層高尖塔，附著在鋼鐵上的冰片不時地閃動著極光般的幻彩。

日本鳴海苑高校則召出一整片的竹林，在竹林深處有道日式長屋，長屋旁有著小橋流水，水旁開滿了鳶尾花，清幽典雅，讓人彷彿來到了平安時代。

加州香柏學園的攤位主題是西部拓荒時代的酒館，裡頭有歌舞表演，以及實境射擊比賽和賽馬場，還提供香檳無限暢飲，吸引不少男學生。

關島以利高校則搭出一棟棕櫚葉頂的南洋風小屋，外觀看起來比前兩所學校來得平淡了些，但各校的女學生對於以利高校的攤位都展現高度關注。還沒開幕就有不少人前去詢問，索取廣告。

「以利高校賣什麼啊？」封平瀾雙手搭在走廊上，望向遠方的攤位。以利高校的攤位外，有兩、三名學生向前來的學生發送書冊，看那大小和封面，感覺像是雜誌，「賣書嗎？沒想到大家的求知欲比食欲還要饑渴！」

「那不是書，是商品目錄。」蘇麗綰回答，「任何名牌，吃的、穿的、用的、抹的、過季的、當季的，所有名牌一應俱全，價位是專櫃的六成以下。」

「是喔。」封平瀾轉過頭，正想問蘇麗綰怎麼知道時，赫然發現坐在一旁的她腿上正放著一樣的書本。

蘇麗綰不好意思地輕咳一聲，「有一個牌子出的手鍊我很喜歡……」她低下頭，看了那貼滿標示貼紙的目錄一眼，「呃，還有 ROGER VIVIER 的水鑽鞋、柏金包和寶格麗的錶……」

「連手錶都有喔？可以借我看看嗎？」封平瀾好奇地開口，「我的手錶最近常不準時，正想換的說。」

蘇麗綰把目錄遞給封平瀾，興奮地開口，「男上品牌在後半部，雖然不是主打商品，但是基本的熱門品牌都俱備呢！」

封平瀾翻了翻，看見一支設計帥氣的軍錶，「這個看起來很酷！」目光往下看，上頭標的單價讓他震驚：「哇！這支錶要兩萬五喔！幾乎和我的獎學金差不多了啊！」

「那個，」蘇麗綰小聲地提醒，「單位是美金……」

「是喔？」封平瀾眨了眨眼，接著點點頭，「對喫，召喚師家都很有錢，差點忘了。」

蘇麗綰看著封平瀾，狐疑地開口，「你不也是召喚師嗎？」雖然她知道封平瀾不會半點咒語，但她猜想封平瀾或許是某個召喚師家族的唯一繼承人，就算不會使用咒語也必須繼承家業，與六妖立契，讓家族的資產和血脈得以傳承。

「我們家……比較清寒一點啦，哈哈。」封平瀾傻笑著帶過，將目錄遞還給蘇麗綰。

片刻，計時器的鐘聲響起，宣告著交班。

原本在教室內整頓布置的人放下手邊的工作，換另一組人馬上場。

整體的擺設已完成了七成，教室的上方和四面，都裝上繪製了地中海風情畫作的木板。四分之一的空間被隔起，做為廚房內場及倉庫。天花板上原有的日光燈被藏在板後，換上了樣式簡約的水晶燈。

一部分學生開始清理地面，準備等會兒將地毯鋪上。

教室的空間比平常更大，在班級之間的隔牆上多了一道門，連接到廣場上的帳篷，讓賓客可以不用進入教學大樓，而是直接從廣場上的帳篷直接光顧各班的攤位。

「租訂的桌椅送到了，有誰能去搬？至少要四個人！」柳浥晨側著頭以肩膀夾住手機，對著教室內的人朗聲詢問。

「我！」封平瀾舉手。悶在教室裡一整天了，他想出去晃晃。

「我也要！」璁瓏舉手。

「我不想再接到攤位牛奶遺失的消息，你最好小心點。」柳浥晨警告。

「他們自己要放在走廊上，又沒標示物主姓名，我怎麼知道不能喝？這不能怪我。」

「那廁所裡放了一堆屎，一樣沒標示物主名字，你為什麼不去吃！」柳浥晨哼了聲，接著望向冬犽，「冬犽，你也去吧。」

「但是我得清洗地板。」冬犽一手拿著水桶，一手拿著超強效去汙洗潔劑。「比起搬運，我更擅長清掃。」他望著地面上的顏料，腦中想像著那點汙痕被清潔劑融蝕、被抹布擦去的畫面。

「我知道。但客人是來吃飯，不是來割盲腸的，不需要把攤位弄得像無菌室，那樣太浪費時間了。」

照冬犽的那套清掃模式，店都開張了他們還在替電風扇的扇葉打蠟。

「噢，好吧。」冬犽有點惋惜地嘆了口氣。

他脫下手套，放下水桶和抹布走向封平瀾和璁瓏。周遭的學生們都暗自鬆了口氣。

「還差一個——」

「不。」百嘹叼著棒棒糖，走向三人，「齊了。」

一行人步出教學大樓，穿過廣場。

廣場的東側是曦舫的攤位，一個個紅白相間的帆布帳篷裡紛然展現著不同的世界，有的是華麗的宮廷風，裡頭足足有三層樓的客席；有的打造成空中玻璃橋風格，全方位無死角展現絢爛夜景。

三年級的攤位最為誇張炫目，其中一個攤位裡竟然是一片湖泊，上頭漂著一艘艘輕舟，每艘都是一組座席；湖上有中國風的拱橋，湖面上盛放蓮花。

也有不是以餐飲為主的遊戲攤位，這些攤子都拉下門簾，非常神祕，不讓裡頭的機關在營業之前有走光的機會。

封平瀾瞠目結舌地看著各個攤位裡的擺設，讚嘆，「這是怎麼辦到的啊……」

「只是比較複雜的幻象咒語和空間咒語罷了。」璁瓏不以為然地哼了聲。

「好厲害喔……」

雖然宗蜮的美工也非常強，但是和那些燦爛多變的幻象比起來，顯得極為樸素。

「這種等級的咒語，需要大量人力不間斷地運行才能支撐。我們除了攤位以外還得應付演出，一開始人力和能力就不是對等的。」冬犽看出封平瀾的心思，柔聲安慰。「不用感到苦惱。」

「嗯！我知道！」封平瀾笑了笑，「靠菜色取勝吧。」有海棠和班長這兩個料理達人在，就算裝潢樸素了點也一樣可以拉客！

一行人穿過連接外界的結界，來到了日校的校舍，帶著濕意的凛冽空氣鑽入衣袖之內。

雖然影校的校區下著雪，但整體氣溫受到魔法控制，即使在凛冬也維持著料峭春寒的溫度。離開了影校，實體界的溫度更冷。

封平瀾打了個噴嚏。此時他身上只穿著一件襯衫，單薄的衣料無法禦寒，他忍不住打顫，但也沒多說什麼，繼續著自己的腳步。

走在封平瀾身後的冬犽，正打算脫下毛衣交給對方時，有個人動作比他快了一步。

百嘹脫下外套，隨手扔在封平瀾的頭上。

「怎麼了？」封平瀾不解地回頭。

「拿去。」百嘹笑著開口，「穿上。你看起來會冷。」

「謝謝耶！」

封平瀾將外套取下，套在自己身上。百嘹的外套稍大，袖子比他的手長了一截。他舉起雙手，把袖口搭在自己的面前，用力地吸了口氣。

「噢，這就是百嘹的味道！好像有濃濃的賀爾蒙分子在裡頭！百嘹好溫柔喔！難怪那麼多女生喜歡你！只是脫個外套就讓我有懷孕的感覺耶——」

「你在胡說八道什麼啊！」走在最前方的璁瓏斥聲。「我打算繞去販賣部買東西，你動作快一點！」

「是是是。」封平瀾趕緊跟上璁瓏的腳步。幾秒後，兩人的身影消失在樓梯轉角。

「我溫柔嗎，冬犽？」百嘹照著原本的步調悠閒地向下走，笑望著身旁的冬犽。「我變得和你一樣了呢，呵呵呵。」

「你的溫柔背後都有目的。」

「你難道不是嗎？」

冬犽停下腳步，回頭。一雙手搭上了自己的肩。

百嘹站在上方階梯，居高臨下地將雙臂環在冬犽的肩上，將自己的臉湊近冬犽的耳邊，低聲開口，「我幫你做了你想做的事。」

「所以？」

「我會冷。」百嘹微笑，雙手向下滑，鑽入了冬犽的毛衣內。

冬犽不為所動，只是淡然開口，「怕冷的話應該找墨里斯。」

百嘹發出了聲厭惡的低吟，「你真的很會破壞氣氛。」

「墨里斯是火系妖魔，我只是就事論事。」溫和的面容，嘴角微微地莞爾。

「那傢伙就像沼氣，易燃但是有股惡臭。」百嘹沒好氣地哼聲，「畜牲的臭味。」

「別在同伴背後說壞話。」

「我在他面前也一樣說他壞話。」潛伏在毛衣下的手不安分地動了動，「我裡外如一，都是個惹人厭的傢伙。你呢？」

冬犽笑了笑，不予置評，垂在腿邊的手輕輕畫了個圈。一陣旋風自地面颳起，掃向百嘹的腳。

被突如其來地暗算，百嘹閃避不及，向前方撲跌。

冬犽側身，任百嘹向下墜，但在對方落地前一刻，伸手一勾，從後方環住百嘹的身子。

「不要盡說些任性的話。」冬犽的溫柔嗓音從百嘹身後響起，「那樣會造成別人的困擾。」

百嘹不以為然地聳肩，重新在階梯上站定，環在他腰上的手隨即向後抽離。

但下一刻，溫暖的雙手從頭後穿到前方，環住他的脖子，貼上他的臉。

「暖了嗎？」和煦低醇的嗓音在他耳邊響起。

百嘹咧嘴微笑，「暖了。」

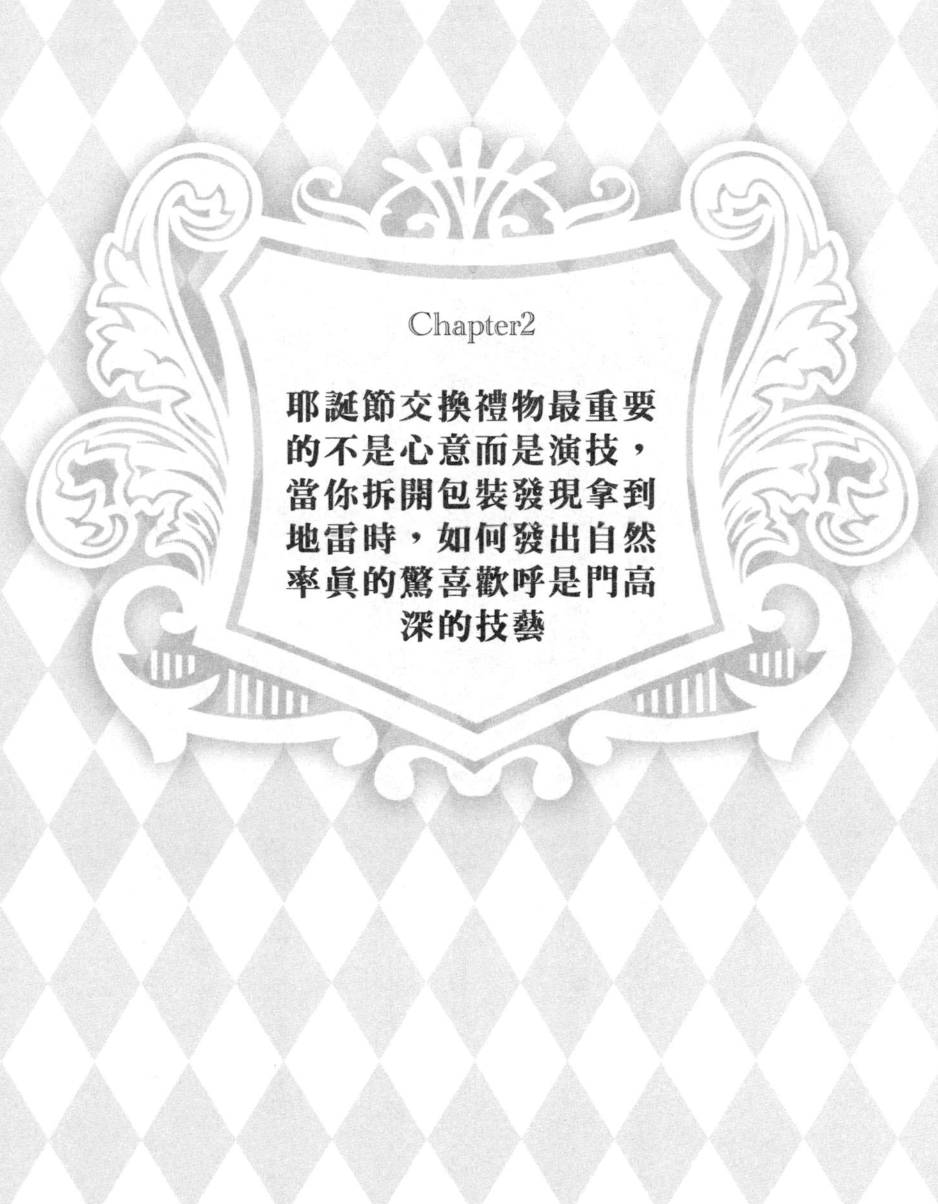

Chapter2

耶誕節交換禮物最重要的不是心意而是演技，當你拆開包裝發現拿到地雷時，如何發出自然率真的驚喜歡呼是門高深的技藝

七小時前。

影1A的攤位布置完畢。餐廳的桌椅擺在恰當的位置，後場的水槽、瓦斯爐、抽風機已備齊。只要食材、餐盤和鍋具送達，就可以開張。

距離活動開始還有六小時，根據送貨員的回報，目前所缺的東西將會在四十分鐘內送達，他們在營業前有足夠的時間預備。

其他開設餐飲店的班級在昨天就將一切器材備妥，但影1A不只身兼兩職，班上的重要籌劃人還參與了試煉。人力不足的情況下，只能掐緊時間，步步為營。

柳浥晨看著牆上的掛鐘，緊繃的心暫時舒緩，她鬆了口氣。

「貨送到之後再來預備吧。」她朗聲宣布，「全員休息九十分鐘。」

眾人發出一陣歡呼。有人往教室外移動，準備去逛逛提早營運的攤位，但更多人留在教室內，趴在桌邊或躺在地上休息。

封平瀾直奔醫療大樓。

他站在門口，敲了兩下。沒人回應。

推開門，屋裡空盪盪的，沒半個人影。

這是今日他第四次來訪醫療中心，第四次撲空。

試煉結束後，他已經一整天沒看見奎薩爾了。

他想追問那晚的經歷是自己做夢，還是真實發生，但是一直找不到奎薩爾。家裡、學校，都不見奎薩爾的身影，就算詢問冬犽或百嘹他們，也沒人知道奎薩爾的下落。

封平瀾站在門邊，看著黝黑陰暗的室內。走道的燈光從背後照入，將他的影子打在地上，拉出一道長長的人影。

不曉得為何，他總覺得奎薩爾就在這裡，雖然室內空無一人。

大概是他想太多了吧……

他原以為兩人之間有著某種連繫，心有靈犀，這邊咬指頭那邊心會痛，最後證明只是自己過度妄想。

封平瀾自嘲地輕笑了聲。看著地面上自己的影子，接著舉起手。

手影向前，脫離了光的範圍，融入了室內黑影。

他向前踏了兩步，讓自己的影子浸在黑影之中。

封平瀾閉上眼，深吸了一口氣。

他可以感覺到，奎薩爾彷彿就在他身邊，和他處在同一個空間裡。

他向前一步。

就算只是幻想出來的也無所謂。就當作是預習，預習奎薩爾離開之後該如何想念。

再向前。

存在感更加強烈，彷彿伸手即可觸得。

手舉起，腳步再度向前——

「喀！」

細小的碰撞聲響起，封平瀾睜開眼。

「奎薩爾？」封平瀾期待地對著黑暗的房間開口。

沒有回應。

他轉過頭，發覺窗戶沒關，凜冽的冬風斷斷續續地颳入屋內，翻動著桌面上的書頁。

封平瀾失望地嘆了口氣。佇足了片刻，才不捨地轉身。

門扉關上，屋內陷入黑暗。

幾秒後，門板外傳來漸行漸遠的腳步聲。直到腳步聲下了樓，房內的黑影泛起漣漪，無聲地翻捲起一道頎長身影。

蒼白而冷峻的面容立於窗邊，寒冰一般沉淨的雙眸低垂，望著黑暗的空間，看著封平瀾佇足過的位置，眉頭深鎖。

搭滿攤位帳篷的廣場上，人潮開始聚集。雖然還有六小時慶典活動才正式開始，但有些班級早已籌備好，便提前開張。

廣場中央聚集了一群人，但中央並沒有攤位，只有一塊圓形空地。出於好奇，封平瀾也湊上前觀看。

站在空地上的是瑟諾，難得地換下千篇一律的家居服，穿著正式的禮服。他的手中捧著一株樹苗，走到圓形空地的中央，蹲下身，以銀鏟掘出一個坑洞，將樹苗栽下。

接著瑟諾拿起一個刻滿符紋、綴著寶石的銅壺，往樹苗上澆水，低聲吟誦著以古老語言構成的咒語。銅壺只有拳頭大，水卻源源不絕地從其中湧流，一直到咒語吟誦完，才不再出水。

瑟諾放下壺。前後約四分鐘的儀式，他已滿頭大汗，臉上露出疲倦，以及大功告成的滿足感。接著習慣性地從口袋中掏出煙盒，以嘴直接叼出一根煙，正要點火時，意識到周遭的學生正盯著他看，便訕訕地把煙收回口袋裡，準備退場。

「瑟諾老師！」封平瀾朝瑟諾用力招手，他實在太好奇這棵樹苗是做什麼用的。

瑟諾停下腳步，認出了封平瀾，「你是那個……殷肅霜班上的學生，中了逆時咒的那個，上次去掃廁所的那個……」

「我是封平瀾啦！」明明之前見過好幾次了，怎麼還記不住名字啊！

「喔嗯。」瑟諾應了聲，看著封平瀾，抓了抓頭，「你……還好嗎？」

「已經復原了！謝謝老師之前的幫忙！」

「喔，那很好……」瑟諾點了點頭，懶洋洋地看著封平瀾，等著對方繼續開口。

「這是什麼？」封平瀾指著樹苗詢問。

「耶誕樹。」

「這麼小喔？」那樹苗大概只有他的巴掌大而已。

「它會長大。」

「十年後嗎？」

「更快一些……」瑟諾看向樹苗栽下之處，平整鬆軟的泥地隱約地顫動著，「十秒後。」

瑟諾退後了一步，同時將封平瀾往外圍拉。

圓形泥地的震動加劇，中央的樹苗頓時快速地向上扭曲，盤旋生長，彷彿在看高速播映的縮時影片一般，在幾秒內竄升，瞬間變成一株八層樓高的松樹。

「哇！」封平瀾看著眼前的景象，驚呼連連，「太酷了！太厲害了！這個是──欸？老師你的衣服？」

瑟諾原本穿著正式禮服，不知何時，又變回了陳舊短T恤短褲加勃肯拖鞋的打扮。

「你什麼時候換衣服的？」

「我一直都沒換……」瑟諾將手伸到口袋裡，握著煙盒，「剛剛那套衣服是幻象咒語做出來的，歌蜜說植樹儀式進行時不能穿得太隨便……」

封平瀾眨了眨眼。這人是有多懶啊……

原本圍繞在旁邊的學生見樹停止生長，便再度靠近，紛紛拿出包裝精美的禮物放到樹下，然後心滿意足地離開。

「那是在做什麼？」

「只要在上面寫上收件人的名字和地址，放到樹下，在耶誕節當天的指定時段禮物會出現在收件人的房間裡。不過收件者只限定影校的人。」瑟諾舔了舔嘴，看起來十分不自在，「你還有事嗎？我要回教師辦公室，這裡不能吸煙……」

「喔喔！」封平瀾停頓了一下，「老師，那個，有件事想問一下……」

他說出了自己的構想，瑟諾皺了一下眉，但最後還是點頭同意。

「謝謝老師啊！」

瑟諾隨意地揮了揮手，加快腳步離去。封平瀾依然站在樹前。

陸陸續續有學生把禮物堆放在樹下，每個人的臉上都帶著興奮又期待的表情，期待自己也會收到禮物，期待讓收到禮物的人感到驚喜。

耶誕節呀……

他記得自己慶祝過耶誕節，在很久以前。他記得媽媽在耶誕節時買了蛋糕回來慶祝，大概有兩、三次吧。

靖嵐哥總是缺席，只有他和爸媽一起過。

然後媽媽也缺席了，爸爸也缺席了。

但是每年的耶誕節他仍會去買蛋糕回家，自己一個人慶祝。他想，若是他們突然回來，就可以一起慶祝了。

但是這個預設狀況從來沒有出現過。

封平瀾望著巨大的耶誕樹，發愣了一陣，看著那逐漸成堆的禮物出神。

「嘿！封平瀾！」

叫喚聲從後方響起，封平瀾回頭，只見圍著相同款式圍巾的伊凡和伊格爾，正朝他走來。

「你在幹嘛？」伊凡手中握著灰色的霜淇淋，看了禮物堆一眼，期待地追問，「你要送某人禮物嗎？有我的嗎？」

「只是看看而已啦！」封平瀾看著伊凡手中的霜淇淋，「你可以吃霜淇淋？」妖魔雖然可以食用各種食物，但通常只偏好某類食物的味道，並以此為主食，專情一致，對其他食物敬謝不敏。

「可以呀，這是芝麻口味的。」

「好吃嗎？」

伊凡又舔了兩口，舌尖頂著上顎，細細品嘗滋味，「芝麻的香氣完全被奶味掩蓋，而且很冰，舌頭都麻了。難吃。」

「那你還吃？」

「好奇嘛。而且伊格爾說不能浪費食物，叫我至少吃掉一半。」伊凡又舔了一下，然後轉過身，「好了，一半了，換你接手。」

伊格爾看著那形狀完好的霜淇淋，暗嘆了口氣，但還是默默地接下冰，靜靜地舔食。

伊凡繼續開口，「我想去看遊戲攤位，要不要一起？」

「好啊！」

拉著封平瀾和伊格爾，伊凡開始沿路掃攤。他對很多東西都感興趣，特別是食物，不管是吃的喝的，只要能帶著走他就會點一份，然後只吃一、兩口，試完味道之後就丟給伊格爾。

伊格爾進食的速度並不快，沒多久，手臂上裝著食物的袋子越掛越多。

「這樣沒問題嗎？」封平瀾看著伊格爾。「那個，袋子多到像流蘇一樣了耶！」

伊格爾掛滿提袋的雙臂正平舉在胸前，左右兩手各拿著一個可麗餅和一串醬燒丸子，可麗餅上頭的鮮奶油岌岌可危。

「錢很充足。」伊格爾吶吶地回應。

那個不是重點啦！

「你吃得下嗎？」封平瀾問道。袋裡的食物，大概還有七成待解決。看伊格爾露出有些為難的表情，封平瀾不好意思地搔搔頭：「其實我剛好有點餓……哈哈哈！」

「如果你不介意的話……」伊格爾低頭看了一下手中的可麗餅，「那，甜食的部分有勞你了。」

「喔！太棒了！」封平瀾開心地接下可麗餅。伊格爾手中的可麗餅一直散發出濃郁的蜂蜜和奶油香，他早就覬覦很久了。

「……如果可以，泡芙、雪花糕和奶茶，也麻煩你了。」

「耶！」

伊格爾把裝著食物的袋子分給了封平瀾，平板的臉，露出了淡淡的、如釋重負的表情。

攤位逛了一半，伊格爾手上掛著的不只有裝著食物的袋子，背上還插著一根轉動時會發出音樂的和紙風車；腰上掛著一大串各式各樣的鑰匙圈，有的會隨著腳步晃動而發出聲響或光線；他的脖子上圍著花俏的手作項鍊，頭上還頂了個嵌著LED燈的帽子，隨著燈光的轉變，帽頂不斷播放耶誕歌曲。

「你對伊凡真好耶。」封平瀾一手幫忙牽著會發出貓叫聲的飄浮氣球，一手握著泡芙，笑著開口。「你就像他的哥哥一樣。」

雖然伊凡的年齡不知道是伊格爾的多少倍，但在伊格爾面前，伊凡就像個備受寵愛的弟弟。

「……伊凡才是哥哥。」伊格爾一邊努力吃著窯烤比薩，一邊開口，「他教了我很多東西，而且，一直保護著我……」

「是喔！」封平瀾點點頭。

進入影校快四個月了，他對召喚師的社會開始有所認知。除了他和奎薩爾等人是因為特殊情況締約，所以相處模式和一般的召喚師與契妖不一樣之外，最特別的就屬伊凡和伊格爾了。

伊凡是伊格爾的契妖，但外型卻幻化得和伊格爾一樣，除了髮型、身高和氣質不同之外，兩個人就像孿生兄弟。他們的互動真的像親人一樣，甚至比親人還親。

伊凡變成伊格爾的樣子，是被逼的，還是出於自願？他們是什麼時候立約的呢？

「那個，你和伊格爾是怎麼立約的呀？」封平瀾一開口才想到，對召喚師而言，身家背景是非常隱私的事，除非對方主動提起，否則探問這些事是十分無禮的。「呃！我忘了規矩，當我沒問！抱歉啊！」

伊格爾沒有任何反應，只是把口中的比薩吞下肚後，才開口，「是伊凡選擇了我。」

「什麼意思？」

「米海爾維奇的第一世召喚師，我二十一代以前的祖父召來了伊凡，他在契約裡立下了規定，和伊凡立約的召喚師，必須由伊凡自己選擇。」

「可以這樣喔！」封平瀾驚訝，他知道召喚師在訂立契約時占有先發優勢，但從這幾個月的經驗來看，沒有召喚師會讓契妖擁有這麼大的權力，「那，你的曾曾曾……祖父一定和伊凡感情很好，所以才訂下這規定，讓他可以挑選合得來的夥伴！」

伊格爾停頓了一下，他看著封平瀾，淡漠的臉上揚起淺淺的笑容，「我也是這麼認為的。」

「你們是什麼時候締約的呀？」

「我一出生，就訂立契約了。」

他記得家人轉述當時的情景。伊凡指著母親的肚子，說要當時還在腹中的他當契約者。在他出生之前，先由母親卡嘉完成一部分的立契，直到出生時契約才完整。

每個人都告誡他，伊凡是詭詐狡猾、自私無情的妖魔。伊凡會選擇他當契約者，一定別有目的，就像當初他欺騙了初世祖，訂下了那有利於己的契約一樣。每個人都提醒他小心提防，和伊凡劃清關係，否則總有一天會害了自己。

可是他一直認為，並非如家人敘述的那樣……

「哇！這樣很棒耶！」封平瀾羨慕地開口，「一出生就多了一個哥哥陪伴，這樣成長的過程每天都不會無聊啦！」

伊格爾愣了一下。那淡然、不善表達情緒的平板容顏，再次綻起笑容。

「確實如此。」

「伊格爾！伊格爾！」伊凡的叫喚聲從前方傳來，只見他正站在一個攤子前，雀躍地招手。「快過來！這邊這邊！我要這個！」

伊格爾連忙趕去，完成任性小惡魔伊凡的使命。

封平瀾看著伊凡和伊格爾的互動，片刻，下意識地將手伸到口袋，拿出手機。上頭沒有任何未接來電，也沒有任何訊息。

果然一樣啊……

雖是意料中的事，但還是忍不住嘆了口氣。

匆匆將手機塞回口袋，看了看伊凡與伊格爾，然後望向影1A的攤位帳篷，用力揚起大大笑容。

才怪，今年才不一樣呢！

——那，明年呢？

心底一個小小的聲音，像是忽然鑽入耳中的冷風一樣，引起一陣不舒適的顫慄。

伊凡和伊格爾拿著戰利品折返，打斷了封平瀾的思緒。

「快走快走！還剩一分鐘！遲到會被小柳罵啊！」伊凡催促著，然後一馬當先地衝向前。

三人連忙奔向帳蓬，直接通往影1A的攤位。

六小時前。

封平瀾三人一踏入帳蓬，便感覺到氣氛不對。

他們三人遲到了五分鐘，教室裡的學生沒人開口，全圍在出口附近，絲毫沒有慶典即將開始的歡鬧感。

「呃，抱歉，我們遲到了……」

封平瀾本想開口道歉，但是百嘹對他使了個眼色，微笑著將手指放到嘴前，示意他直接進入教室。

封平瀾帶頭，走入教室裡側，伊凡跟在其次，伊格爾殿後。

原本想要低調地潛入，假裝一開始就在教室內。但是伊格爾全身上下的紀念品閃爍著炫目的光彩，同時演奏著各種鳴響和樂章，實在很難低調。

幸好沒人理會，也沒人譴責。

看來，教室裡氣氛凝重的原因顯然和他們三人無關。

「我以為人類會在耶誕節時幫松樹打扮，沒想到竟然連自己也要扮成耶誕樹的樣子。」璁瓏看著伊格爾，嘖嘖稱奇。「我們要在他腳下放禮物嗎？」

「那些都是伊凡買的東西啦。」封平瀾小聲回應，「怎麼了？不是要開始準備後場的東西嗎？」

「有點狀況。」璁瓏低聲回應，同時用指了指門口的位置，「那女的從剛才就一直在打電話，然後還講了不少出現在電視上絕對會被禁播的話。」

「是喔？」封平瀾向前幾步，探頭望向前方。

只見柳浥晨正表情凝重地握著手機，雖然隔了段距離，但封平瀾可以看到那握著手機的手暴起青筋。

「他媽的混帳！還是不接！」柳浥晨憤然將手機拍向桌面，「為什麼食材和餐具還沒送來？取貨的人也人間蒸發是怎樣！」

照理說一小時前所有的貨品都送到了，領貨的學生也提早前去等待。但是，約定的時間過去了，沒人回來。她打電話給負責的學生，全都沒人接；聯絡了賣家，對方卻說貨品運送狀況得問送貨員。

但送貨員的聯絡電話在單據上，單據在領貨的學生身上，好不容易打到物流公司，聯繫上送貨員，對方卻說貨品在一小時前就有學生簽收了。

學生和貨品，就這樣下落不明。

就在這時，匆忙的腳步聲響起，一名學生上氣不接下氣地跑入班內。

「班長！」被派出去探視的學生匆匆闖入，看來是卯足全力一路衝刺回來，「找、到人了！」

「他們在哪？」

「在、在活動指揮中心……的辦公室裡填寫問卷！」男學生用力地換了口氣，「和『輸入貨物』相關的問卷……」

「什麼？」柳浥晨皺眉，「為什麼要填問卷？我們的貨品呢？」

男學生咽了口口水，露出如喪考妣的表情，「……被扣押了……」

此話一出，全班譁然。

「扣押?!」柳浥晨瞠目，怒然拍桌，揚聲怒吼，「我們的貨品裡是有軍火還是海洛英嗎?!為什麼被扣押？誰扣押的?!」

「是、是食衛組！」男學生繼續說出自己打探來的情報，「他們說我們的食物和餐飲用具的初步檢驗不合格，所以扣押，去領貨的學生則是在填寫和貨品資料有關的問卷……」

「食衛組？那是什麼？」她從來沒聽過這東西。

「食品衛生審驗偵查小組。是這次突然新成立的組別，據說是為了維護攤位餐飲品質、預防黑心商品傷害學生健康而存在的料理糾察隊，在慶典期間，食衛組和風紀委員一樣有糾正舉發的權力，不過範圍限定和餐飲有關的部分。」

柳浥晨愣愣了一秒，「學生會哪來這麼多閒人搞這些？」

「食衛組的成員不是學生會的人，聽說是有人主動提出，自願擔任這項工作，因為類似志工的性質，所以很容易就通過了……」

這突如其來又莫名其妙的意外，讓柳浥晨錯愕在地。她把每一個細節、每一個步驟、每一個時間點都安排規劃得精準妥貼，但最終還是發生了計畫以外的狀況。

怎麼會這樣……

封平瀾開口發問。「有其他班級被扣押嗎？」他剛繞了廣場一圈，幾乎九成的餐飲店都提前營運，看起來沒有人受到影響。

回報消息的男學生小聲地開口，「這個……目前只有我們班被盤查……」

柳浥晨聞言，眼神一凜，「食衛組的負責人是誰？」

「影1A的攤位負責人在哪裡？」

像是在呼應柳浥晨的提問一般，帶著驕傲、得意、看好戲的詢問聲響起。

眾人回首，只見一列穿著校服，臂上別著黑色臂章的學生，聲勢浩蕩地進入教室。為首的是超自研和戲劇研的社長，曹繼賢和蕾娜。

柳浥晨用力地翻白眼，眼球幾乎要翻到腦後。在看見兩人出現時，原本的怒氣轉為恍然大悟的荒謬和不齒。

「真是夠了……」

「我們是學園祭慶典攤位食品衛生審驗偵查小組。」蕾娜趾高氣昂地開口，同時將右手臂扠在腰間，臂章上三個圓圈內印著食衛組，「你們的攤位布置完了？是走貧民窟風格嗎？好有創意喔。」

「不好意思，我們忘記掛上婊子止步的告示了。」柳浥晨吆喝，「來人，送客。」

蕾娜秀眉倒豎，「妳嘴巴放乾淨一點！」

曹繼賢蔑笑了聲，「就算妳把蕾娜趕出去也沒用，還有我撐場！」

「所以你承認那女人是婊子？」柳浥晨冷哼，「雖然沒有針對你的告示，但不代表你比較高竿，而是認為你沒有辨別告示的能力。」

「注意妳的態度！」

「反派現身的開場白就省了吧，直接進入重點，」她眼神轉為冷厲，凶狠地瞪著來者，厲聲低吼，「把我們的貨品還來！你們這些下三濫的卑鄙小──」

「班長！冷靜點！冷靜點！」

「那不是偷！是合法扣押！」曹繼賢理直氣壯地反駁，「食衛組存在的目的，就是查驗一切和飲食有關的食材、器具，杜絕劣質商品滲入慶典，損傷賓客及校內師生的健康，守護飲食之美的護衛隊──」

「放屁！」柳浥晨怒吼，打斷曹繼賢的自我陶醉，「你們的臂章醜得要死！連美編的品味都差得要命！最好分得出良窳優劣！這群小人──」

柳浥晨越說越激動，搭在餐桌上的手握住了擺設用的花瓶，蓄勢待發。

「班長！冷靜！」

百嘹笑著向前一步，制住柳浥晨向後拉，一手奪去她手中的花瓶，一手摀住她的嘴。

柳浥晨試圖掙扎，但是怎樣都不可能勝過妖魔的力量。

「安分點。」百嘹湊在柳浥晨耳邊小聲說著，「我不想傷到妳。」

柳浥晨怒瞪百嘹一眼，眼神裡中滿了挑釁和抗拒。

百嘹苦笑，再次開口，「告訴妳一個祕密。」他刻意停頓了一下，「我不用手就可以解開裙釦。」

柳浥晨挑眉，露出了不相信的神色。

「想試試嗎？」

柳浥晨盯著百嘹，對方始終漾著那風靡塵世、迷倒眾生的笑容，看不出所言是真是假。

最後，她決定不要拿自己的面子開玩笑，安靜不再妄動。

「乖孩子。」

封平瀾代替柳浥晨，走向前出聲提問。「那，我們的食材被扣押的理由是什麼？」

看到封平瀾出馬，吃過封平瀾虧的曹繼賢稍稍動搖了一下，但立刻重振旗鼓。

曹繼賢推了推眼鏡，自以為專業地開口，「貴班的食材有問題，農藥殘餘量太高。而且疑似有基因改良。」

「你是在嫉妒連小黃瓜的基因都比你好——」柳浥晨掙開控制，大吼，但嘴巴立即被再次摀住。

「那餐具呢？」

蕾娜伸出新做完指甲彩繪的細指，在空中優雅地搖了搖，「塑化劑成分過量喔。」

「妳這臭三八胸部裡的塑化劑才過量——」再次掙脫，大吼，被摀嘴。

「另外，廚具的部分則是重金屬成分過量。」曹繼賢說著，「總之，全部都不合格，必須扣押。」

蕾娜接著開口，和曹繼賢一搭一唱，「我們是地主校，當然要謹慎些，以免外賓吃了出問題影響校譽呀。」

「你們兩個的存在才是敗壞校譽——」

「原來如此。」封平瀾點點頭，「所以，你們在短短的一小時之內就檢驗出這麼多東西呀？好厲害喔！」

曹繼賢和蕾娜僵了一下，表情閃過了一絲心虛。

「你們根本沒檢驗，對吧！」柳浥晨掰開百嘹的手，質問。

「是還沒仔細檢驗！」曹繼賢辯解，「食衛組的存在宗旨是防患於未然，針對有疑慮的物品進行檢驗。」

「那疑慮的標準是？」

蕾娜勾起囂張的笑容，「學生會相信我們的專業，因此由食衛組直接判定。」

「所以就是自由心證了嘛。」封平瀾失笑出聲。

雖然被找麻煩了，但他卻不是很生氣的樣子，只覺得出乎意料，甚至覺得有點有趣。

「不過我們也不會永遠占著不還，最慢三天後就會還你們了。」曹繼賢得了便宜還賣乖，假惺惺地說著。

「三天？那時活動都結束了耶！」封平瀾抓了抓頭。

啊呀，這下麻煩了。

「我們也是依法行政，要是不滿的話可以向學生會上訴。」

「那個，關於食衛組的規定和施行細則，像是檢驗單位、實驗項目和流程等等，有詳細的說明嗎？」

「當然有！」彷彿就在等封平瀾說這句話一般，曹繼賢得意地大喝了聲，身後的小嘍嘍立即遞上一本A4大小的平裝手冊。

「這是食衛組針對這次慶典活動制訂的所有規條，任何細節都詳細地記錄在裡頭。」

言下之意，就是暗示對方休想找漏洞。「看在你們初犯的分上，這本冊子可以給你們，還要開餐飲店的話可以參考一下，以免二次受罰。」

「噢噢！謝謝！」封平瀾誠惶誠恐地接下手冊。

他翻了翻規條，裡頭對於食物、餐具的要求和規範，確實記錄得非常詳細，詳細到世界上根本不可能有任何餐廳通過標準。然而，是否會被檢驗，存乎食衛組一心，只要食衛組不抽檢，就算全都不符合規範，也無所謂。

「所有從校外訂購的食品、餐具，都有機會被食衛組抽檢。」封平瀾看著本子上的條目，詢問，「所以和餐飲無關的東西就不用檢驗囉？」

「對。」曹繼賢推了推眼鏡，露出老謀深算的表情，「但是所有運入校內的餐飲相關物品，就算沒被抽驗，在外箱上都必須蓋上核章才可使用。」他刻意瞥了封平瀾一眼，「這樣做是以防有人企圖非法夾帶入校。」

「喔……」封平瀾點點頭。

身後的影1A學生發出了扼腕的嘖聲，看來不少人想到了一樣的計畫。

封平瀾盯著手冊，不發一語，似乎正努力研讀著手冊裡的規章內容，想找出變通的方法，但是似乎陷入了苦惱之中。

曹繼賢發出一聲勝利的輕笑，「你就慢慢研究吧。我們食衛組還有很多公務要忙，得先走了。這次的攤位都準備很精彩，你們應該有很多時間去逛逛。」

「有問題的話，隨時可以來食衛組找我們諮詢。」蕾娜笑呵呵地轉身，正好和雷尼爾四目相接，「抱歉囉，雷尼爾，公事公辦。」

雷尼爾怨懟地瞪了自己的姐姐一眼，低聲嘀咕，「難怪妳會被傑森甩掉……」

蕾娜臉色驟變，「閉嘴！」

領頭的兩人轉身，食衛組的人馬就這樣浩浩蕩蕩地離開，留下不知所措的影1A。

等到曹繼賢和蕾娜走遠，百嘹才將柳浥晨放開。

柳浥晨滿腔怒火。雖然她很想衝出去，追上食衛組的隊伍狠狠痛扁對方一頓，但是眼前有更大的問題要處理。

「現在該怎麼辦？」

「補訂來得及嗎？」

「就算補訂，食衛組的人說要抽驗的話，一樣沒轍啊……」

影1A的學生們一言一語，紛亂的對話聲，透露出了大家的不安。

「要不要請班導出面求情？」

「班導一開始就說了，他不會插手干預學生的活動，而且，找班導幫忙，感覺很遜……」

「不然，我們換個主題好了。」璁瓏在混亂中也跟著開口，說出天馬行空的構想，「我們的餐廳可以和戲劇表演一樣，套用童話故事在裡頭。反正食物和餐具都沒有了，乾脆對外宣稱是『國王的新衣』主題餐廳，所有的餐具和食物都是隱形的，只有聰明人才看得到——」

「這樣他們也會付給我們國王的金幣啦！」

「沒有其他辦法了嗎？」

無助的提問再度響起。

「為什麼他們要找我們麻煩？」

聽見這個問句，柳浥晨微微一震。

她知道理由。曹繼賢是衝著社團研的他們來的，她前陣子在社團聯合會議上，彈劾了超自研和戲劇研的不當申請公款。

會導致如今這個局面，是她的錯。要不是她那麼自以為是、那麼想報復，就不會這樣了——

上臂傳來了兩記輕柔的敲打，她回頭，只見百嘹握著未拆封的球形棒棒糖，擱在她的左肩。

「幹嘛？」

「吃糖吧。別胡思亂想了。」

「你又知道了！」

「和我約會過的女孩，有時也會露出這樣的表情，這個表情出現後不到五分鐘，她們就會開始說些負面情緒的話語。」

「我又沒在和你約會！」

「噢，那改天吧。」百嘹笑了笑，「別想那麼多，事情還有轉機的。」

「你憑什麼確定？」

百嘹指了指封平瀾。

封平瀾仍在翻閱著手冊，臉上掛著躍躍欲試的表情，完全沒有走投無路的絕望感。

片刻，他將手冊啪地合上。

「有辦法嗎？」柳浥晨趕緊追問。

「食衛組費了不少的心力在制定規則上，針對引進校內的食材、餐飲用具都有完善的條例，而且在化驗的流程和項目也都一一列得非常清楚，應該是諮詢過專家了。很認真呢！」封平瀾讚賞地說著。

「你別助長他人氣燄啦！」

「不過。他們把焦點全放在校外進口的物品上，」封平瀾把小冊子丟到一旁，「所以，校內本身既有物品就不在盤查範圍之內。」

「喔喔！」眾人眼睛一亮，彷彿看到了希望。

「餐具、廚具可以去家政教室借。」

「中央食堂好像還有店開著，可以向他們購買食材，家政教室也有一些可以借來用。」

氣氛再度振奮，每個人開始絞盡腦汁地思考可用的校內資源。

「班長？」封平瀾喚了柳浥晨一聲，笑著詢問，「接下來該怎麼辦呢？」

柳浥晨立即調度人馬，開始指揮下令，「負責招待的學生留守，其他人到校內尋找食材和餐具，分頭進行，四十分鐘後回來。」

「要拿什麼樣的食物和器材？我們還是要做輕食料理嗎？」

「不，現在是緊急狀況，所有能借的、能用的先全部搬來教室，到時候我們有什麼就做什麼！」

學生們一哄而散，只剩柳浥晨和封平瀾幾個學生在場。

「希望能夠應付得過去。」柳浥晨皺眉，咬唇苦思。

「怎麼了嗎？」

「之前都在練習歐式輕食料理，現在突然要變換菜色，我沒把握能做出吸引人的食物。」

他們因為沒人力經營布景裝潢，主力是放在餐點上，現在餐點若是不夠美味的話，就算勉強開張也招不到客人……

「噢，我認為，就算我們的食材和器具全都順利送達，也未必吸引得到人呢，呵呵。」百嘹笑著點破。

「為什麼！」

百嘹拿出手機，看著上頭的訊息，悠哉地說著，「從今天早上開始，我已接到幾十封可愛少女的邀請，希望我能陪伴她們一起度過慶典時光，或者，至少與她們共進晚餐。真是純真可人，是吧？」

「現在不是賣弄你旺盛的異性緣和淺薄節操的時機。」

「每個人都說了自己想去的攤位，沒有人想來影１Ａ。」百嘹將手機面向柳浥晨，「大家都想去布景漂亮華麗、聲光效果好的餐廳。」

柳浥晨瞄了手機畫面一眼，撇過頭，「或許那只是少數……」

「百嘹說的沒錯。」封平瀾開口，「我剛去逛了廣場上的攤位，幾乎九成的餐廳宣傳主打的都是造景和活動有多麼新奇有趣，沒有人在推廣自己的餐點。餐廳裡賣的食物味道普通，但有著光鮮的包裝和贈品，生意都不錯。」

剛才一路幫伊凡解決廚餘，吃了好幾樣餐點，沒有一樣稱得上好吃，完全是業餘水準。

「所以？」

「我們要想一個更搶眼、更有噱頭、更吸引人的東西……」封平瀾邊思考，邊開口。

他在思考時會陷入呆滯狀態，看著空中的一個點，動也不動，也時候嘴裡還會唸唸有詞，像是精神病患一樣。

柳浥晨沒打斷封平瀾，她已習慣了這個看似傻子的夥伴，發揮出人意料的天才。

「等一下拿回來的食材，能做出什麼東西，我們不知道，客人也不知道——」封平瀾停頓了一下，「這就是吸引人之處！」

「什麼意思？」

「我們可以陳設所有募集到的食材，讓客人自己挑選，各種奇奇怪怪的東西都可以加到鍋子裡烹煮！」封平瀾興奮地說著，「就舉辦暗黑火鍋大會吧！自己煮出來的東西要自己吃掉！用餐速度要計時，最快吃完的隊伍可以領獎！這樣一來，我們的店就不只是餐廳，還具有娛樂性質呢！」

「聽起來不錯。」柳浥晨思考了一下，「可是，這樣只是讓大家煮火鍋而已，如果讓大家自己挑選食材的話，可能很少人會刻意挑選特殊食材，最後就會變成普通火鍋店。

必須能融入更強烈、更誇張，甚至帶點恐懼的要素在其中，才能展現暗黑火鍋的刺激和精髓……」

封平瀾抓了抓頭，

更強烈、更刺激，甚至帶點恐懼的要素嗎……

他看著前方，雪白修長的人影映入眼底，像是白色的閃電一樣，劈入他的腦中。

封平瀾遲疑了片刻，最後以壯士斷腕的口吻開口，「冬犽。」

「嗯？」

封平瀾深吸了一口氣，接著，像是要告知病人癌症檢驗報告的醫生一樣，凝重地宣告，「你來擔任廚師吧。」

Chapter3

料理就像魔法，有些人特別擅長黑魔法

「冬犽，你來擔任廚師吧。」

話語落下，影1A一片死寂，沒有任何人接話。

所有的人都在思考這句話的涵意，以及該如何反應。

是他們聽錯了嗎？這句話的主語和述語營造出的語境，有違世道常理。所以，或許他們應該要封平瀾重述一次？

抑或是，那純粹是個緩和氣氛的笑話，他們應該要配合地哄堂大笑？

雖然，這個笑點讓他們感到驚悚。

冬犽有點錯愕，不確定地看向封平瀾。

「我來當廚師？」

「對。」封平瀾認真地開口，「我們的攤位是否能招攬到客人，全都看你了！冬犽！」

聽見封平瀾認真的語氣，大家意識到，這傢伙是玩真的！

「別鬧了！」

「你想害死客人嗎?!這是無差別殺人啊！」

「有困難要講，一直悶在心裡會變成反社會傾向的犯罪者的！」

「咳哼。」柳浥晨輕咳了一聲，提醒大家當事人還在場。

眾人立即噤聲，然後不好意思地看向冬犽。

冬犽只是微微苦笑，看起來並不在意那些話語。

「你是狗急跳牆了所以才隨便說出這個點子嗎？」柳浥晨提問。

「狗急跳牆沒錯，但這主意不是隨便說說的喔。」封平瀾對著冬犽投出寄予厚望的眼神，侃侃而談，「召喚師的家境都很富裕，什麼山珍海味沒吃過？我們做得再好吃，也比不上高級餐廳的餐點。在慶典裡，他們所期望的，應該是日常生活中買不到的罕見商品、玩不到的遊戲，還有體驗不到的經歷。」

班上同學們贊同地點點頭。

確實，要不是自己要負責擺攤，他們在慶典裡也只想找新奇的攤子逛，而不是看些日常常見的東西。

封平瀾見話語似乎得到共鳴，便繼續開口，「而冬犽的料理，非常地前衛又神祕，五間影校的學生絕對沒人看過、吃過這樣的東西，它必定會帶給人前所未有的體驗……」

「瀕死體驗？」宗蜮小聲接話。

「噓！」

柳浥晨思索了片刻，沉吟，「要是吃了餐點的人……身體不適的話？」

「我們的店不純粹是餐廳，而是挑戰遊戲，既然是挑戰，參與者必須自行評估是否會受傷。」封平瀾解釋，「影3C的攤位是幻境射擊，那是一個擬真的奇幻空間，在裡頭玩家可以拿著真實的武器狩獵奇幻生物，遊戲裡跌傷或射傷的意外很容易發生，但沒有人會因此要求店主賠償。」

「為了那點小傷要求賠償，對召喚師而言是件丟臉的事。」大部分的召喚師都可以從契妖那裡汲取妖力，施咒讓自己加速復原。「聽起來可行，但還有一個小問題。」

「什麼？」

「任何挑戰遊戲都有獎金或獎品，我們沒有準備。」

如果獎賞的價值不足以吸引人，那麼就不會有人來參與。而獎品如果無法滿足優勝者，等揭曉時也會引發紛爭的。

封平瀾抓了抓頭，「獎品可以晚點準備，先不宣布是什麼，保持神祕感，我們的攤位主打的就是神祕未知，所以先賣點關子，客人應該可以接受。」

此時外出收集食材的學生們，陸續折返。

「先撐過今晚再說吧！」封平瀾下了結論，結束討論，「冬犽，接下來看你的了！」

冬犽微笑，「我會盡力的。」看起來，他對這任務非常感興趣，彷彿想大顯身手一番。

「……你還是保留點實力比較好。」

四十分鐘後，所有的學生到齊，煮的鍋具、用的餐具、吃的食材、喝的飲料、沾的醬料，五花八門，毫無主題性、一致性，雜亂地陳列。

影1A的學生在剩下的四小時內，重新擺設桌椅，並且改了招牌，做了新的傳單。

最開心的就是宗蜮，柳浥晨要求他修改布景，畫成帶有恐怖詭譎的風格。他二話不說，拿著畫具開始在畫牆上揮灑塗改，沒多久，原本地中海風格的優雅布景化為陰森獵奇的煉獄森林。

最後一道傷口、最後一抹血痕落筆時，廣場響起了管弦樂隊演奏的樂曲，然後是煙花飛天燦耀的聲響。

散落的煙花點點飄零在廣場中央的耶誕樹上，化為透亮的彩球、人偶、緞帶，將原本空無一物的枝椏裝飾成華麗炫目的火樹銀花。最後一響最大的煙花降生在樹頂，化為閃著白熾光彩的星星。

慶典開始。

影1A，準時開張。

慶典開始的那一刻，廣場外圍憑空出現了四扇大門，來自另外四所影校的學生魚貫湧入，朝著廣場攤位區聚集。

每個學生在會前就拿到了場內攤位的簡介手冊，大部分的人早有計畫，朝自己感興趣的攤位前進，沒多久，某幾個攤位前便出現了排隊的人潮，人氣高下立現。

「怎麼想去的攤子都這麼多人？」一名香柏學園的女學生對著同伴抱怨。「影3A的清池畫舫要兩小時後才有位置。」

「影2B的空中琉璃塔也都是人……」

「那，先去以利高校的攤子逛逛吧！反正妳之前才說要減肥，少吃一點也沒關係。」

「俏麗的鈴蘭要有些弧度才令人憐愛，太清瘦，反而會讓人不捨。」帶著磁性的魅人嗓音從後方響起。

女學生們回頭，看見來者的瞬間，雙頰立刻飛上紅暈。

百嘹穿著十八世紀的禮服，剪裁合身的套裝，勾勒出修長的身形，配上那燦爛的笑容，有如童話中的王子。

那是戲劇人魚王子的戲服，為了宣傳，影1A學生換上戲服，到廣場上發傳單，拉攏客人。

百嘹此刻穿的是人魚王子化為人形、被人類公主救回宮中後的服裝。雖然換上露出度高的人魚裝，魅力值會暴走成無雙狀態，但眾人考慮到人魚裝可能導致女學生在進入攤位前就先心悸送醫，所以便選擇了比較溫和的古典禮服。

被百嘹搭話的女學生們愣愣，一時間不知道該回什麼話。

百嘹微笑，輕輕地伸出手，移向其中一名女學生的領口。

對方倒抽了一口氣，直覺地想退避，但出於好奇，加上眼前的男人實在帥到讓她想哭，便筆直地站在原地，看對方接下來的動作。

百嘹溫柔地幫對方把歪了的領結調正，然後笑看著對方，輕聲問，「怎麼不說話？莫非，妳也是被奪走聲音的人魚？」

「那、那個……請問有什麼事?」女學生故作鎮定地開口，但語調中帶著難以隱藏的興奮。

「妳的聲音很好聽呢。」百喙讚嘆，彷彿他真的這麼認為，「唐突了佳人，非常抱歉。我只是一名被麗人倩影吸引、一時怠忽職守的冒失過客。打擾了，祝妳們玩得愉快。」

百喙說完，對著女孩們再度綻放起燦笑，接著準備轉身離去。

「等等!」女學生們連忙喚住百喙，「你是在發傳單，對吧?」她們可是清清楚楚地看到對方手上拿著一疊廣告吶!「為什麼不發給我們?」

百喙看了看手上的傳單，苦笑，「因為我是單純地想與各位寒暄，而非別有目的，我不想讓這段偶然的緣分染上了刻意為之的汙痕。」

這番話有如標槍，凌厲而準確地刺中少女們的春心。

「不用顧慮那麼多啦!」她們連忙開口，「我們不在意的!」

「但是……」百喙看似有點猶豫。

「不是你想發給我，是我們自己看到想要拿!你就放心地給我們吧!」

百喙揚起了感激的笑容，「妳們的內心就和外在一樣純真美麗。」他抽出宣傳單張，一一遞給對方。

「地獄廚房——暗黑料理界創世記？」女學生看著單張上的標題，好奇開口。「這是在賣什麼呀？是餐廳嗎？怎麼好像和導覽手冊上的介紹不——」

突如其來地，一隻修長的手指點上了她的嘴。

「噓。商業機密，恕我不能透露太多，但我保證……」百嘹勾起曖昧的淺笑，「來到這裡，妳的感官會經歷前所未有的體驗……」

女學生的耳根再度炸紅，彷彿隨時會從耳孔噴出鮮血。

「好、好的……」女學生們握著傳單，像是在立誓一般，鄭重地宣告，「我們一定會過去的！」

百嘹微笑，「期待妳們的光臨。」他看了看手上那疊傳單，苦笑，「希望妳們光顧時，我能即時趕回去，與妳們二次相遇。」

「你要發完才能走嗎？」

「這是我的工作。」百嘹溫柔地拍了拍傳單，「因為這份工作，我才有機會和妳們相遇，所以我更不能輕慢。」

女學生們互使了個眼色，接著，自告奮勇地開口。

「我們幫你發吧！」

「我們是香柏學生會幹部，認識很多人。」為首的女學生對著身旁的人開口，「從聯絡網召集公關組的成員。」

百嘹愣愣，露出不可置信的表情，「這真是……太感謝了！除了感謝，我不知道該說什麼……謝謝妳們！」

他將廣告傳單交給女學生，接著在臨走之前，給了每個人一個擁抱，做為道別。

「等一下見！」百嘹揮手，在對方癡迷的目送下轉身離去。

收工。

廣場內的另一頭，穿著歌德風禮服的希茉被一群男學生包圍，顯得萬分惶恐。

「同學，妳是在 COSPLAY 哪個角色呀？」

「可以一起合照嗎？妳的頭髮是真的嗎？顏色好漂亮！」

「告訴我妳的臉書帳號好不好？我要去哪裡 FOLLOW 妳的動態？」

希茉的臉色慘白，雙手緊抓著傳單，擋在身前，不斷後退。

「我、我……沒有……不是……」看著那一雙雙注視著自己的目光，她覺得快窒息了。

天啊……她竟然穿著這可恥的服裝拋頭露面……

太羞恥了！

「妳在發傳單吧？可以給我一張嗎？」其中一名學生開口詢問，同時伸手想要拿取單張。

這舉動讓希茉驚恐地跳起，成為壓斷她意志的最後一根稻草。

啊啊！她受不了啦！

「啊——」她驚呼了一聲，同時，把手中的傳單往面前一扔，然後施展了咒語，不顧一切地在兩秒內逃離現場。

傳單在空中漫舞，男學生們左右張望，發現希茉不見蹤影。

「人呢？」

「不見了！」

「快拿傳單！看她是哪個攤位的人！」

撿光。

接著，一群人開始搶奪追逐那四散的單張，沒多久，希茉扔下的傳單一張也不留地被

曇華也穿著歌德風禮服。雖然她和希茉一樣，吸引了許多男學生的目光，但不同的是，那自然流露的女神氣質，有如高潔的山嶺之花，讓人遠觀留戀，卻不敢有所妄為。就連女學生們，也有不少人對她投以崇敬的眼神。

曇華發傳單時並不怎麼開口招攬，而是和路人四目相接後，揚起微笑，走近，接著遞出傳單。

面對傳單，對方總會自動地接下，彷彿不收是件極為失禮的事。

「謝謝您。」曇華簡短而誠懇地道謝，微微鞠躬後便退開，不卑不亢，不會讓人有太多的壓力。

曇華手上的傳單以穩定的速度消減的同時，和她一同行動的海棠，身穿著宮廷護衛的服裝，手中的傳單量和剛來時一樣厚。

有不少女學生在經過時偷偷注視海棠，其中也有想前來詢問的人，但是在看見海棠猙

獰的臭臉之後，全都默默退開。

海棠惱怒地揪著手上的傳單，紙頁幾乎被他掐出皺紋。

該死的柳浥晨，竟敢要他做這種低賤的工作！該死的食衛組！要不是他們跑出來瞎攪和，現在他應該在攤位裡愉快地烹飪料理，而不是打扮成這種可笑的模樣在這裡丟人現眼！該死的遊客，看見他就迴避是怎樣！只有低能愚蠢的廢物才會對這種荒唐的慶典樂在其中——

「你怎麼穿成這樣啊？」驚訝的女聲響起。

海棠回頭，只見狩野千春吃驚地看著自己。他輕啐了一聲，撇過頭，打算無視。

但千春並不打算放過他，她來到海棠面前，強硬地闖入海棠的視線範圍，然後由上而下、又由下而上、完完整整地打量了海棠一番，接著，輕蔑地笑出聲。

「難看死了！一點也不適合你。宗家的繼承者，竟然打扮成這可笑的模樣在發傳單呀！」

海棠翻了翻白眼，斜眼冷瞥千春，「妳則是不用打扮就非常可笑又難看。」

「你少囂張！別忘了，你的隊伍試煉名次還排名在我的組別之後呢！」千春得意地說著，然後很滿意地看到海棠臉上閃過懊惱的神色，「我知道來曦舫就讀是魏家宗長給你的處罰，他的本意是讓你離開家族，到異鄉異地磨磨你的脾氣，沒想到待在這裡反而讓你也墮落了。」

提到繼父，海棠的眼神變得狠厲。

千春為之瑟縮了一下，稍微收斂了些氣燄，開口，「我、我知道你不想留在這裡，如果你願意態度好一點的話，我可以想辦法讓你轉來鳴海苑——」

「誰說我不想留在這裡？」

「可是——」

「我不想去的是有妳在的地方！」海棠嫌惡地揮了揮手，像在趕蒼蠅一般，「妳沒有其他同伴？去煩他們，別來吵我！還是說，依然沒有人想和妳做朋友？」

海棠的話踩到千春的痛處，「你還不是一樣沒朋友！」

「誰說的！」海棠下意識地反駁。

「你有嗎？」千春懷疑地看著海棠，「曇華不算喔！」

「我的意思是我不需要那種東西——」

「海棠！海棠兒！小棠棠～」

叫喚聲從不遠處傳來，緊接著，同樣穿著侍衛服的封平瀾握著手機，朝海棠奔來。

海棠皺起了眉，沒好氣地低咒一聲。「閉嘴！不准那樣叫我！」

雖然看起來一臉不耐煩，但他的嘴角卻不自覺地上揚，連自己都沒發現。

千春發現了。

她沒看過海棠那樣笑。更沒看過海棠那樣對她笑。

「啊呀，原來你有約呀！」封平瀾看見千春，臉上露出三姑六婆發現八卦的曖昧笑容，用手肘撞了撞海棠的手臂，「小帥哥，行情不錯喔！有這麼漂亮的女生來找你，難怪傳單都發不完。」

「你瞎了嗎。」海棠冷哼，「只是個來找麻煩的潑婦而已。」

「啊呀，怎麼這樣說！」封平瀾直接伸手，用兩隻食指把海棠的嘴角往上推撐成弧狀，「不能那麼惡劣啦，小帥哥，這樣子會沒有人喜歡喔。」

莫名地，一股強烈的妒恨攻心，千春一把推開封平瀾的手，「放開他！」

封平瀾和海棠同時錯愕，連千春都為自己的行為感到詫異。

千春仍強硬地開口，「注意你的身分！盡和這種低三下四的學生混在一起，是對宗家的汙辱！」她瞪了封平瀾一眼，「離魏家的人遠一點！」

「這事輪不到妳管！」

面對千春的刁蠻，封平瀾也沒生氣，只是笑著開口，「可是千春，我們不只同班，而且還同居耶！」

千春看起來極為震驚，她不可置信地看向海棠，「為什麼?!」

「這不關妳的事！」海棠怒然，「千春，如果妳的目的是想讓我難堪，妳已經成功，可以滾了！」

「海棠！你太凶了啦！」封平瀾看千春似乎快氣到哭了，趕緊介入緩和氣氛。他從海棠手中抽了張傳單，遞給千春，「來，這是我們班的傳單，歡迎來逛逛喔——」

「我才不要！」

「很好。」海棠一把將傳單搶回，「別浪費傳單。」

千春又伸手，將海棠手上的傳單奪回，「那我偏要拿！」接著，在海棠有下一步動作前，轉身跑遠。

看著千春的背影，海棠厭煩地咒罵。「瘋女人……」

封平瀾望著一臉嫌棄的海棠，思考了幾秒。

「雖然我對感情方面的事不是很懂，不過……」他停頓了一下，「千春是不是喜歡你啊？」

海棠的臉頓時揪成一團，好像吃到了冬犽做的菜似的。

「你在胡說什麼！」

太荒謬了！這什麼可笑的發言！他根本沒想過那種事。

千春喜歡他？不，不可能，哪有人會在喜歡的人面前那麼不可愛，還一直找他麻煩……

太詭異，也太令人不舒服了！

「不是嗎？」封平瀾抓了抓頭，「千春看起來就是很典型的傲嬌，傲嬌的角色面對越喜歡的人就越不坦率，我還以為那是她喜歡你的表現。」

「夠了，閉嘴，這話題讓我感到噁心。」

此時，發完傳單的曇華朝著海棠走來。她的儀態脫俗清麗，宛如初綻的夜曇，有著令人驚豔的美。一路走來，不少學生回首，對她投以癡迷的注目禮。

「海棠少爺，我發完傳單了。您的部分也交給我吧。」曇華漾著溫柔的笑容，準備接過海棠手上的傳單。

「不需要。」海棠粗聲粗氣地拒絕，「妳回攤內，我自己會處理。」

「好的，海棠少爺。」曇華謙順地低頭，欠了個身。

開領的禮服，露出了頸部到鎖骨之間的雪白肌膚，柔滑的髮絲垂落，有種低調的性感。

海棠的眉頭深深皺起，「快回去把那身衣服換掉，難看死了。」

話一出口，他突然覺得耳熟。

難看死了。

千春剛才也是這樣說他的。

「是的，我馬上更衣。」

曇華恭順地回應，接著轉身朝攤位折返。

看著曇華，一股複雜的情緒，淡淡地、淺淺地在海棠心頭擴散。

「已經開張快一小時了，不曉得生意如何？」封平瀾的話語拉回海棠的思緒。

封平瀾望著廣場上往來不絕的人潮，以及那些客人爆滿的攤位，暗暗祈禱這急就章的計畫可行。

柳浥晨二十五分鐘前傳了訊息通報，說第一批客人已經光臨，但接下來就沒有消息了，他完全不知道顧客的反應如何，是會因惡名昭彰導致門可羅雀，還是……

「應該很順利。」海棠望著廣場彼端，開口。

封平瀾順著海棠的目光望去。

一個精碩高大的身影，推著一臺巨大的推車，一路上隆隆作響，聲勢浩大地穿過廣場。

那是墨里斯。

他一手推著運貨用的推車，上面載著四個面色痛苦、蜷縮身子呻吟的學生，另一手扛著一個已經昏死翻白眼的傢伙。

廣場內的學生們注意著墨里斯，目光被這突兀的人馬緊緊地抓住。他們看著墨里斯，等著看他停下腳步，對圍觀者做出解釋。但墨里斯並沒有止步，就這樣豪氣萬千、坦蕩蕩地穿過廣場，往醫療中心前進，留給在場所有人滿腹的疑惑與好奇。

學生們的好奇心被勾起，議論紛紛。

「那是怎麼回事?是表演嗎?」

「我社團的同學說好像是闖關遊戲!」

「哪一攤玩這麼大啊!超自研的實境逃脫嗎?還是對戰的幻武擂臺?推車上躺著的是德米特里劍擊隊的吧!連他們都被打敗了?」

「到底是哪一攤?!」

「影1A!是影1A的火鍋店!」

學生們分享著打探來的情報,有的人拿著傳單,對影1A的攤位展現高度的興趣。

「火鍋店可以搞成這樣?!」

「好像是暗黑火鍋挑戰,自己選擇食材讓廚師料理,只要把餐點全部吃完就算過關,還可以得到神祕的獎品!」

「把自己選的食材吃完就好?那樣不是很容易嗎?」

「但是目前已經有四組挑戰者失敗了!」

「什麼!那些人太遜了吧!」

不少人露出了躍躍欲試、勢在必得的神情。

「走！過去瞧瞧！」

群眾間，有一票人開始移動，匯集成一道往影1A流動的人潮。

封平瀾鬆了口氣。手機同時傳來新的訊息，是柳浥晨發來的。

客人湧入，停止發傳單，立即回攤位支援。

Chapter4

對某些人的料理而言，「不難吃」就算是恭維，「味道普通」則是至高無上的讚美

影1A的教室內外擠滿了人。雖是寒冬，但教室的所有門窗為了通風透氣而大開。攤位被分隔成三個區塊。一區是烹飪區，原本特別隔出的廚房拆下了隔板，以便讓在場者觀看到料理實況。另一區是挑戰者的座席。

原本只有這兩個區域，但由於後來聞風湧入的人太多，又不是每個人都想參與。像有一大票的女學生純粹是衝著百喨而來，她們表示願意付報名費，然後直接棄權，只要讓她們留在攤裡就好。

於是柳浥晨直接劃分出第三個區域——觀眾席。

攤位內有搖滾座位區，座位費用由內向外逐排遞減，十分鐘為一個單位，收取觀賞費及場地清潔費，就連走道外也劃出站位觀賞席。連續觀看二十分鐘，贈送濕紙巾和塑膠袋，以防觀賞過程中身體不適。

冬犽身穿純白的執事裝，腰間圍著黑色圍裙，搭上那溫柔的笑容，給人草食居家男子的親切感。

料理檯上，除了食材、廚具以外，還擺了幾樣不該出現的工具。

新一批的挑戰者是以利高校的學生。他們聽說德米特里的人在這個攤位吃了癟，因此相當感興趣，想來透過勝利來羞辱德米特里高校的人。

一群以利高校的學生進入了攤內，封平瀾發現傑拉德也在其中。傑拉德在同伴之中沉默寡言，但很明顯地是團隊的中心。

他們喧鬧了一陣，最後推舉出四名代表參與挑戰。

傑拉德沒有參賽，而是坐在前排觀賞區，像試煉前一樣，目光始終釘在封平瀾身上，就像等待著機會凌虐獵物的豺狼。

不同的是，他的目光裡也多了試煉前沒有的惱怒怨恨——畢竟，封平瀾可是在試煉中醍醐灌頂地吐了他一身吶。

封平瀾站在觀眾席外側擔任計時，他對著傑拉德微笑，低調地揮揮手。傑拉德瞪著他的眼神，情緒更加強烈了幾分。

參賽者在食材區選了幾樣食材，除了一般的蔬果、肉片以外，還刻意挑了果醬、豆瓣醬、汽水、布丁，顯示自己勇於挑戰、樂於挑戰。

觀眾席傳來一陣驚嘆的騷動，挑戰者為自己受到注目和崇拜感到沾沾自喜。挑戰者點完餐後，便悠哉地走向餐桌。

侍候在餐桌旁的璁瓏和幾名學生，立即恭敬地幫來賓拉開座位，擺上餐具。

「德米特里的公子哥們過得太悠哉，食物稍微不合口味就會中毒。」一名理著小平頭的男學生，不以為然地輕笑，「我們以利學園在升級考試時可是在荒島求生過，任何活著的東西都會拿來充饑呢。」

但是荒島上沒有冬犽。

冬犽的料理本身就是一座荒島，味道的層次豐富多變，在挑戰者的舌間重現了一個殘酷而黑暗的蠻荒世界。

第一個人在吃第二碗料理時，握著湯匙的手開始不受控制地顫抖，接著，湯匙掉落碗中，雙手垂落兩側，失去意志。

其他的參賽者也陸續在十分鐘以內不支倒地。

侍候在一旁的服務生把無力再戰的參賽者拉離座位，開始清理。墨里斯將推車推來，走上前，像是在撿垃圾一樣，一手一個丟到車上，再運送出去。

一場驚心動魄的比賽就此落幕，成功者的人數仍然掛零。

冬犽的恐怖料理名聲也越傳越響，並被加油添醋，甚至傳出「影１A拿製造原子彈的鈾元素給學生吃」這樣的謠言。但上門的客人不減反增，不只報名的隊伍大排長龍，觀眾席更是供不應求，必須發號碼牌。

這樣的聲勢，讓影1A很快地就賺進大把鈔票，風聲也很快傳到了食衛組的耳裡，驚動了組長曹繼賢。

「影1A重新開張賣火鍋？」

曹繼賢原本悠哉地坐在辦公室裡，一邊喝著茶，一邊透過手機隔空指揮超自研攤位運作，在聽見手下通報的消息時勃然震怒。

「他們哪來的食材！巡邏隊的人沒有攔截嗎！」

「巡邏隊的人一直守在出入口監控，但沒看到他們運進食材，可能是趁交班的空檔，或是翻牆從入口以外的地方將物品走私進校內吧……」小嘍囉戰戰兢兢地稟報。

曹繼賢左右張望，不見盟友的身影。「蕾娜呢？離開影1A之後她就不見蹤影，去哪了？」

「她回戲劇研了，說是要和德米特里高校的戲劇研學生進行交誼，剛剛派人來告知說晚上的班她要請假。」

「那個花癡……」

曹繼賢低咒了聲，拍桌起身，「所有幹部集合！執勤出動！」

曹繼賢的人馬二度降臨影1A的攤位。這次無法像上回一樣，浩浩蕩蕩霸氣地闖入，因為攤位外聚集了一堆人，有的領了號碼牌守在外頭等叫號，有的純粹是來湊熱鬧想看看裡面在幹什麼，沒有統一的隊伍，導致人群形成一堵圍牆，擋在攤口。

曹繼賢一行人百般困難地穿過人牆，在飽受眾人白眼與嘖聲之下，來到了攤口。

看到招牌的那一刻，他的臉色鐵青。

招牌上除了標示攤名之外，旁邊還寫了一排小小的標示——

本店所使用之一切餐具、廚具、食材，皆通過食衛組檢驗規範，顧客可安心食用。

然後，旁邊還擺著食衛組的規章手冊，彷彿食衛組親自為他們背書一樣。

曹繼賢怒不可遏。

這真是豈有此理！

他大步踏入店中，先聲奪人地大吼，打算抓住所有人的注意，「裡面的人聽著！這個攤位——唔噁！這什麼味道！」

氣勢磅礴的開場白，因室內的怪異味道所引起的反胃而被打斷。

柳浥晨抬頭看見曹繼賢，翻了翻白眼，但對他的出現並不意外。

她早料到風聲會傳到食衛組，對方絕對二度登門找碴。

「有什麼事嗎？」柳浥晨笑著走向曹繼賢，「啊呀，這不是食衛組的組長大人嗎？感謝你對小店如此厚愛，但如果想消費的話，還是要排隊喔，不能因為自己擔任公職就濫用特權。」

她刻意曲解曹繼賢出現的理由，並且說得很大聲。裡外的客人立即對食衛組一行人投以反感的眼光。

這招很賤，她向曹繼賢學的。

「妳明知我不是來消費的！你們的店憑什麼開張！那些東西是從哪裡走私進來的？還有，招牌上憑什麼寫通過檢驗！這是嚴重的詐欺！」

「走私？你當你是海關在檢驗毒品嗎？」柳浥晨不以為然地哼了聲，「店裡的東西確實通過了規章上的所有要求，所以才會那樣寫呀。」

「不可能！上面針對所有運入校內的東西都有詳細規範，而且我們的人根本沒看見你們將食物用具運入校內！這已多重違反規定！」

柳浥晨冷笑，「食衛組規章上所定的規則，全是針對校外運入的東西，至於校內既有的物品，不在你們審查檢核的範圍內喔。」

曹繼賢頓時感到五雷轟頂。

「現場的器具食材，都是從家政教室和中央食堂取得，」柳浥晨勾起嘴角，「如果你覺得有安全和健康上的疑慮的話，可以扣押然後仔細檢驗。」

家政教室是影校的梅麗老師管的，食堂是總務處在罩的，她很期待曹繼賢掛著臂章、耀武揚威地跑去提出扣押要求。

曹繼賢咬牙，想繼續提出反駁和刁難的話，但是怎麼樣都想不到攻擊的點。

「還有什麼事嗎？食衛組的組長大人？」柳浥晨雙手環胸，準備送客，「沒事的話可以請你離開嗎？我們還要做生意，沒多餘的時間和人手招呼你。」

周遭的學生也開始隱隱鼓譟，希望這打斷比賽的不速之客快點離開。

曹繼賢怒瞪柳浥晨，很不情願地咽下這口氣，咽下自己再一次敗落的事實。

他準備撤退，正要轉身時，目光瞥見了牆上掛著的遊戲規則，其中一條項目竄入他腦中，讓他靈光一閃。

曹繼賢再度露出小人得志的嘴臉。

「你們原本是開餐廳的，直到幾個小時前才變成挑戰遊戲。」

「嗯哼，沒錯，託某人的福。怎樣？」

「食材和鍋具或許可以在校內找到，」曹繼賢指著規則看板，「但挑戰成功的獎品呢？這麼短的時間內，你們找得到足以頒給勝利者的獎品嗎？別告訴我，獎品也是在中央食堂買的。」

柳浥晨的表情微微一變，但仍維持冷靜，「我們不像你，不可能做這種事，優勝者絕對會得到物超所值的獎勵！」

「那為什麼不公開獎品是什麼？」

「為了維持神祕感！」柳浥晨火大了，「這是一種行銷手法！你懂什麼是行銷嗎？您是行銷學系？下限秀夠了嗎？可以滾了嗎？」

「誰曉得你們是不是故意讓參賽者全都過不了關，然後賴掉獎品！」

「每一組挑戰者剩下的食物都有秤重，到最後就算沒有人挑戰成功，剩最少的組別就自動升級為優勝者！」

「誰知道你們會不會故意找好暗樁串通？」曹繼賢窮追猛打，「況且，為什麼你們不用吃！是不是因為知道食物有問題，所以自己不敢吃？」

「因為我們是主辦者！」

好，她受夠了！

柳浥晨抽出烙有符紋的咒卡，打算召出她的巨鎚。墨里斯趕緊出手制止，將她拉到一旁。

封平瀾趁機向前介入兩人之間。他笑著開口圓場，「食衛組長也是在盡本分職行公務啦，會比別人顧慮得更多也是合理的。」

曹繼賢哼聲，「算你識相。」

「我想，目前最好的解決方式，就是影1A也派出人試吃，這樣就能讓組長心服口服了，對吧？」封平瀾提出建議。

事實上，這個建議和曹繼賢提出的質疑根本沒有直接關聯。但他知道，曹繼賢只聽得進自己想聽的話，所以就算邏輯上沒有關聯性，還是會接受。

曹繼賢假裝思考了片刻，點頭，「這個提議很有建設性。」

封平瀾微笑，「那麼，請等我們幾分鐘，我們馬上推出代表——」

「等等，貴方代表由我來指定。以免你們事先串通。」

封平瀾停頓了一下，「好的，那麼組長想要選誰？」

曹繼賢勾起得意的笑容，「你。」

封平瀾故作為難地遲疑了一下，最後勉為其難地答應。「好吧。」

他早料到曹繼賢會點他了，他也打算自己下海去吃，但是如果由他主動提出的話，曹繼賢說不定會疑神疑鬼地刻意不選他。

「我會吃下冬犽的料理。」

「等等。」曹繼賢再度打岔。

「還有什麼問題？」

「一個人不夠，」曹繼賢露出了小人得志的笑容，「你們規定一組挑戰者至少三人，所以至少要派出三人，這樣才合理。」

「你別得寸進尺！」柳浥晨怒斥。

封平瀾沒料到對方會提出這種要求，但情勢所逼，也只能接受。

「那，你還想點誰？」

曹繼賢目光掃視了在場的學生一眼，指向海棠，「你！」接著移向伊格爾，「還有你！」

都是社團研的人。

他本來想選柳浥晨，但礙於他們班目前有葉珥德的課，所以不敢點她。

蘇麗綰沒什麼存在感，就放她一馬。至於那個陰陽怪氣的胖子宗蜮，感覺像是會甘之如飴地吃下恐怖料理的角色，所以也略過。

封平瀾深吸一口氣，「好的。」

就在曹繼賢樂不可支地漾起勝利笑容時，封平瀾不疾不徐地再次開口，丟出震撼彈。

「看得出組長大人非常用心地想要了解影1A的攤位。但是，要徹底了解一個攤位，光是旁觀就有如隔靴搔癢。所以——」封平瀾笑著開口，「組長大人，你也親自參與挑戰吧。」

曹繼賢愣愣，還來不及回應，觀眾席便傳來一陣認同的歡呼。

他身為超自研這個大社團的社長，在影校之間也算是小有名氣；而拜他的為人所賜，看他不爽的人也非常多。

「我拒絕！」

「可是，若是我們吃完了，組長大人又懷疑我們作弊怎麼辦？只有吃一樣的東西，地位平等地進行一場比賽，這樣既能解除您的疑慮，又能讓整個流程更加公平公正。」

封平瀾望向觀眾席，「但是，可能要委屈大家看這場預期之外的審查過程了，不曉得在場的同學接受這臨時變動嗎？」

「沒問題！」

「這個主意好！」

所有人拍手通過。就連原本吃到一半、坐在位置上的學生也主動棄權，退到一旁讓出座位。

曹繼賢本想再推託，但眾望難違，要是他拒絕的話，現場的民意風向會偏向影1A。騎虎難下，只能接受。

「那，除了組長以外，其他兩名參賽者是誰呢？」

曹繼賢回頭，本想從食衛組裡抓兩個組員陪同，但當他回頭時發現，他的手下早就趁苗頭不對偷偷跑掉了。

「只有組長一個人嗎？」

「組長英明神武，以一敵三我想也是沒有問題的。」柳浥晨尖酸地出聲嘲諷，等著看曹繼賢自掘墳墓。

「我當他的隊友。」

忽地，一個身影從前方觀眾席裡站起。

是傑拉德。

封平瀾有點錯愕，他不懂傑拉德出手的目的是什麼。

「那，還差一個——」

「還有我！」

外圈的站位區傳來一聲嬌斥，接著，一個嬌嫩的身影穿過重重人牆，來到了前方。

海棠看到來者時，發出了一聲清楚的低咒。

「我是鳴海苑高校的狩野千春，」千春報出姓名，站到曹繼賢身邊的空位，「我也要參加。」

面對突然冒出的兩名隊友，曹繼賢愣了幾秒，但發覺情況對自己有利，立即氣勢大振。

「沒想到，到哪裡都能遇到志同道合的夥伴，願意追隨我的理念。」

「海畔有逐臭之夫……」站在角落的宗蜮幽幽低語。

座席間隱然傳來悶笑。

「廢話少說。」柳浥晨冷哼了聲，「人都到齊了，那就開始吧。兩方隊伍要選擇食材嗎？」

「我覺得還是讓觀眾來選吧。」封平瀾笑著開口，「這樣最沒有爭議，是吧，組長大人？」

群眾再度傳來贊同的歡騰呼聲，曹繼賢只能接受。

海棠惡狠狠地瞪著曹繼賢，接著轉過頭，向封平瀾沉聲抱怨，「在我的老家，野狗闖入屋中撒野的處理方式是將牠攆出去，而不是任由牠在屋內到處拉屎。」

封平瀾苦笑，「抱歉，我沒想到他會點你們。」

肩上傳來兩記穩重的拍撫，轉頭，伊格爾正看著他。

「我們是一夥的。」

「嗯？所以？」

「一起承擔，是應該的。」伊格爾淡然地開口。

清掃組的學生迅速撤下餐桌上的食物，換上乾淨的碗盤，並把座位調整成三對三、面對面的排列。

六人紛紛入座。

影1A與食衛組聯盟，賭上尊嚴和腸胃炎的對戰，就此開始。

座席兩側各坐了三個人，傑拉德、曹繼賢、千春，以及封平瀾、伊格爾、海棠。

「沒想到傑拉德也對這比賽有興趣。」封平瀾主動開口搭話，「你有負責以利的攤位嗎？報出你的名字會不會有親友折扣呀？哈哈哈！」

「我的目標是你。」

「這！這麼突然就告白可以嗎！所以你是為了和我近距離接觸，所以才主動參賽？天啊，傑拉德你是總裁嗎！這麼霸道！」

「你在試煉時讓我難堪。」傑拉德冷冷開口，打破了封平瀾的花癡妄想。

封平瀾愣了愣，「所以是為了報復才來的呀……」他抓了抓頭，非常不解，「可是，這樣你不是也會深受其害嗎？」

有必要為了報復連自己都跳入火坑？他不懂。

「我不在乎。我習慣痛苦，更喜歡看別人受苦……」傑拉德勾起殘虐的笑容，「你有凌虐的價值。」

「噢，傑拉德。」封平瀾雙手捧頰，「你這嘴甜的壞傢伙。嘿嘿嘿……」

傑拉德沒笑。

就是這樣的態度，這張總是笑著、總是樂觀無憂的臉，讓他感到不滿。

之前他只當封平瀾是個沒神經的傻子，但這幾日的觀察，讓他知道事實並非如此。

封平瀾比他預想的更加難以預測，難以摸透，甚至——

他在封平瀾身上感覺到與自己相似的特質。

他可以為了報復、為了無聊的理由而跳入火坑；封平瀾會為了他人而跳入火坑。

這場比賽是封平瀾一手導出的結果，他看得出來，對方早就打算自己承擔下一切。這種自以為是的偽善者，令他作嘔……

但他也發現，在不擇手段這個部分，他們兩人意外地相似。

他想撕下那偽善的臉，也想知道，在那無憂的笑容下的真實樣貌是什麼。

另一邊，千春一直死命地盯著海棠，但海棠根本不想理她，頭撇向一旁，看著牆壁。

「喂！不要無視我！」千春斥聲，「後悔了嗎？如果你態度不是那麼惡劣的話，我也不會這樣一直挑釁你。雖然你是宗家的人，但是狩野家在宗族裡也占一席之地，所以，你最好別小看我。」

「我從來沒有小看妳。」海棠陰狠地開口，「我根本不想看妳。」語畢，再度把目光移開。

曹繼賢的對面坐著伊格爾。他對伊格爾不熟，因為伊格爾頗安分低調。他對伊凡比較有印象。伊凡的外型在契妖之中算瘦小的，但聽說影校的妖魔亂鬥時間，他總是讓小看他的敵手吃盡苦頭。

此刻，伊格爾正一臉淡定地直視著他，眼中沒有任何明顯的情緒，這反而讓曹繼賢感覺到有點尷尬，一時不知怎麼應對。

「我記得你是魔術研的前社員，對吧？」曹繼賢故作惋惜地嘆了口氣，「要是你沒有誤入歧途跑去社團研究社，而是繼續留在魔術研的話，說不定現在已經是社內幹部，今天也不會淪落到這種處境。你應該慎選隊友的，伊格爾。」

伊格爾靜靜地看著曹繼賢，接著老實地應了聲，「嗯。」

句點，話題結束。

曹繼賢皺眉，這反應讓他不知該如何接話，只好把目標轉向自己的隊友。

「能夠得到鳴海苑高校和以利高校的盟友鼎力相助，讓我如虎添翼！我們必定能輕易取勝——」

「誰要當你的翅膀啊！少擺出領導者的姿態，我可不是你的下屬！」千春被海棠斥責後，一肚子火無處發洩，便拿曹繼賢開砲。

「呃，我不是這個意思，千春同學——」

「我和你很熟嗎！誰准你直接叫我的名字！」千春怒瞪曹繼賢一眼，哼了聲，轉頭。

曹繼賢轉過頭，看向傑拉德，準備向另一個隊友討拍拍取暖，但他還沒開口，就被傑拉德先發制人，「我純粹是出於個人因素才坐在這。與你無關。你只是跳板。」

曹繼賢乾笑，悻悻然地轉正身子，不再開口。

他應該慎選隊友的……

柳浥晨統計完觀眾的投票之後，將選出來的食材一一列下，交給冬犽。

因為吃的人不是自己，所以每個人都卯起來亂點，選出來的材料根本不可能組合成正常的料理。

話說回來，任何食材到了冬犽手中，一樣都不可能做出正常料理。

冬犽首先將食材清洗乾淨，蔬果、肉片全拿到水下沖洗。接著他把肉片放到砧板上，不是開始切，而是拿起小鬃刷，順著肉的紋理仔細地梳刷。

然後，他拿起黏毛球的滾筒，開始清玉米上的鬚和豆莢上的毛，還用砂紙將豬腳上的指甲打磨拋光。最後，拿起吹風機，把所有的食物吹乾，一一放到光可鑑人的盤子裡。

接著開始切塊。

冬犽優雅地拿起菜刀，從盤中拿起一枝未剝的竹筍，揮刀斬切，但是粗厚的筍皮難以切斷。

冬犽看了看菜刀，搖搖頭，放到一旁，然後從流理檯下拿出一把園藝用的巨剪。

「慢著！」看到這裡，千春忍不住了。「為什麼是園藝剪刀！」

「這是剪植物用的，竹筍也是植物，我認為可以通用。」冬犽解釋。

「明明有這麼多廚具，為什麼不用！」

「我很少料理，所以偏好使用自己習慣的工具，這樣比較順手。」冬犽揚起微笑，「放心，所有的器具都清洗得很乾淨，不用擔心有塵垢在上面。」

「但是——」

觀眾席傳來了噓聲。

「前面幾組都沒人有意見！」

「鳴海苑高校的也沒多厲害嘛！」

千春立即噤聲，不再開口。

冬犽把魚、肉、海鮮、菜、布丁、喉糖等，所有固態食材都拿到砧板上切碎。

他每切完一樣東西，就把它推到砧板的角落，一樣一樣地排好，並沒有放到其他容器裡。等他將所有能切的東西都切完之後，砧板上被各種顏色的碎末填滿，色彩繽紛，有如一幅印象派的畫作。

接著，冬犽以極佳的平衡感，單手端起盛滿繽紛小山的砧板，走向大鍋，另一手拿起輔助工具——

「那不是洗窗戶用的刮刀嗎！」這次換曹繼賢作聲。

「噢，對呀，紅利點數換來的，雖然是免費的東西，卻很好用！」

冬犽微笑，接著彷彿證明自己所說的話一般，將刮刀貼緊砧板邊緣，然後向前一推，瞬間，那一整面的繽紛全滑入鍋中，雪白的砧板沒有任何渣屑殘留，潔白如新。

「看，刮得很乾淨呢！這樣才不會遺漏掉食材的精華。」

桌旁的六人，臉色變得和砧板一樣慘白。

接著，冬犽直接將鍋子放到瓦斯爐上，開小火。

「等等！不是火鍋嗎！怎麼不加水！是要乾燒嗎！」

「當然不是。」冬犽笑著解釋，「我會用其他東西取代湯頭，這樣味道比較濃郁，不會被沖淡。」

所有的醬料、飲料、油，包括做蛋糕用的香精，每種液體都被倒入鍋中。很快，水位越來越高，鍋中食材沉沒在那混沌的湯汁中。

接著，開大火。

在加熱期間，冬犽攪拌了幾團麵糊，還用電蚊拍煎了幾個口香糖，丟入鍋中——據說是為了讓口感更多元。

接著拆開了幾個滷味包、茶包，直接倒入鍋裡——據說是為了增加味道的層次感。

接著，他直接拿起一截未削皮的甘蔗，插入鍋中，開始攪拌。

十分鐘後，鍋裡的物體開始沸騰，湯汁表面膨起一球球濃厚而不透明的滾泡，看不出原貌的碎渣和塊狀物隨著湯汁翻湧。

濃烈而詭譎的溫暖氣味，一波波擴散到攤位的每個角落。同一時間點，口罩和嘔吐袋的銷售量提升了兩成。

冬犽放下甘蔗，將爐火轉小，切換成小火保溫。

大功告成。

暗黑料理界的創世神，再度開創出新的世界，新的神域。

座席間的學生看著那鍋東西，開始竊竊私語。

「你不覺得這鍋湯比之前幾組還要猛嗎?」

「那位大廚並沒有因為自己人參賽而放水!反而變本加厲,為了讓比賽公正公平,無瑕疵可挑剔!」

「為了比賽而大義滅親,影1A的學生……太狂了!」

學生對冬犽投以崇敬又畏懼的眼神,「真是個可怕的男人啊……」

冬犽拿起拉麵碗盛裝了六碗,每個碗裡的湯和料都非常平均,相當公平。

他親自將六碗湯端到餐桌上,讓選手自己選擇,以避免爭議。

「謝了,冬犽。」封平瀾對著冬犽笑著道謝。

冬犽回以帶著為難的苦笑。「抱歉……我盡力了。」

這頓飯,他做得比之前更費心,他努力地想讓食物變得好吃一些,想讓封平瀾等人好過一些。

但他不曉得,他的努力,反而使料理更具致命性。

「看得出來。」封平瀾望向面前的碗,不安地咽了口口水,但還是笑著稱讚,「辛苦你了!你真的很棒!」

冬犽露出了溫暖的笑容，退到一旁。

柳浥晨拿起計時器，按下，發出了兩聲細小的電子音。

「比賽開始。」

Chapter5

所以我說，那個醬汁得靠您自己分泌了

傑拉德看著面前的濃稠物體，湯面上漂著四種顏色不同的浮油，反射著多彩的油光，無時無刻地變化著色彩，湯汁看起來彷彿活物。

他沒有遲疑，優雅地拿起湯匙，不以為然地舀起碗中物，然後送入口中。

瞬間味蕾被重擊。

傑拉德的身子微微一頓，但隱藏得很好。他快速地把食物吃掉，整個過程中沒有露出反胃或不悅的表情。

但是，放下湯匙時，他的額角已冒出涔涔冷汗。

千春和曹繼賢就不一樣了，兩個人怪叫不斷、抱怨連連，吃一口唸三句。

封平瀾花了些時間吹涼匙中物，這是他的策略，把食物吹到不燙口的溫度，然後直接倒入嘴中吞下肚，不讓它在舌頭上停留太多時間。

海棠一直臭著臉，嘴裡唸唸有詞地小聲咒罵好孩子說不出口的髒話，然後快速地囫圇吞嚥。

伊格爾則是一臉淡定，不疾不徐地把碗裡的東西吃下肚，看起來完全沒有動搖。

三分鐘內，六人陸續吃完碗中物，服務的學生立即上前，為六人盛上新的、滿滿的一碗濃湯。

各選手解決第二碗的速度明顯下降，千春、曹繼賢的碎唸和海棠的低咒聲都不再響起，他們已無精力抱怨，飽受凌虐的舌頭需要休息，無法分心。

第二回合結束，緊接著是第三碗。除了伊格爾，桌邊的五人全都滿額大汗，那不是因為熱，而是出於痛苦和恐懼的冷汗。

封平瀾看著面前的湯碗，感到一陣昏眩。

不久之前，他才吃下一堆伊凡剩下的食物，占去了不少肚子裡的儲存空間，加上那兩大碗湯，他已經有點撐了。

雖然食物沒有在舌上停留太久，降低了味覺上的震撼，但吃進肚的東西開始作亂，冬犽的料理正在胃裡霸凌攤位買來的食物，兩方人馬扭打成一團。

封平瀾深吸了一口氣。

不行，他必須說些話來分散注意，分散胃部的不適，爭取更多時間。

「沒想到我們會聚在一起吃飯。」封平瀾努力揚起笑容，故作輕鬆地開口，但他的聲音有些沙啞，聽起來像是行將就木的老人在交代遺言。

封平瀾清了清喉嚨，再度開口，「緣分真是奇妙的東西呢！」

海棠抬眼望了封平瀾一眼，「你還好嗎？」

「啊？我很好呀，哈哈哈哈。」封平瀾笑了幾聲，以證明自己無恙，但看在同伴眼裡，像是嗑藥嗑茫了的毒蟲。「對了，千春也是第一次和海棠一起吃晚餐嗎？」

突然被點到名，千春愣了一下，她本來不想理會，但為了短暫逃避進食的痛苦，所以老實地回答。

「小時候……他還住在忌部家的時候，我們常一起吃飯。」千春哀怨地看了海棠一眼，海棠還是不理她。「這是他去了魏家宗家之後，我們第一次同桌吃飯。」

想不到竟然是這樣的情境……

「這樣喔。」封平瀾點點頭，「這樣說來，你們應該很久沒見面了吧。海棠，看到久違了的千春，有什麼感想呀？」

「肉體變得更加巨大，人品和智力方面卻是逆成長。」

「我哪有巨大！我是標準身材！」千春惱怒地反駁。

嗯？結果在意的竟然是這個點呀？

千春氣呼呼地低頭，賭氣地把碗裡的食物加速吃下肚，然後豪邁地將湯匙拍摔回桌面。她強忍下嘔吐欲，囂張地對面前的三人放話，「不行了嗎？認輸吧！」

敵手領先了他們一碗，封平瀾等人只好低下頭，痛苦萬分地把碗中物塞入腹中。

接下來沒有人說話，兩方人馬陸續吃完了第三碗、第四碗，不分軒輊，互不相讓。

但進行到第五碗時，曹繼賢的耐受度瀕臨崩塌。

他舀起一匙帶著不知名湯料的湯汁，送入口中，僵硬地嚼了兩下。嘴裡的球狀食物破裂，從中流出變調的餡料。餡料的味道與湯汁略有不同，但一樣致命，給稍微習慣湯味的舌頭另一波新的刺激。

這突如其來的口感和味道，就像藏著士兵的特洛伊木馬，冷不防地給了他一記扎實的攻擊。

味道刺激著咽喉，引起胃部一陣收縮，腹中的食物受到擠壓，逆流噴發而出。

「唔！嘔嘔嘔嘔！」曹繼賢壓抑不住，將方才吃下的大半食物，吐向碗中。

連帶地引起在場的人一陣反胃。

「你搞什麼——唔呃！……髒、髒死了！」千春怒斥。

「抱、抱歉……」

曹繼賢冷汗涔涔，努力地維持鎮定，轉過頭，對著一旁的服務生開口，「請幫我換、換一碗……」

「不行。」柳浥晨下令，「不准換。」

「什、什麼？」

「為了怕有挑戰者偷雞摸狗吐掉食物，清出胃裡空間，」柳浥晨用力地拍了拍規則看板，「所以遊戲規定，出現在碗裡的所有東西，必須全・部・吃・掉！」

曹繼賢錯愕在地，周遭的學生也一陣騷動。

「他會吃嗎?!」

「怎麼可能吃！這太噁心了！」

「不！以他的個性，說不定真的會吃！」

「不可能！」

「這樣爭論沒什麼意義。」伊凡笑著現身在爭論不休的人群裡，「究竟是吃還是不吃，來賭賭看吧。」

「這個好！」

各持己見的學生們連忙下注，唯恐在下注之前曹繼賢先有了動作。目前賭不吃的學生比較多，但是兩方的賠率相差不大。

曹繼賢遲疑地看著碗裡的東西，糾結許久，內心天人交戰。

「做不到不用勉強。」柳浥晨在一旁風涼地開口，「認輸就解脫囉。」

「誰要認輸！」曹繼賢惱羞地抓起湯匙，憑著一股蠻勁，挖起了一匙碗中物，塞入嘴裡。

「靠！他吃了！」

「耶！猜對了！」

賭會吃的學生，發出歡呼。

但下一刻，情勢發生了變化。

「唔嗯——」

曹繼賢二度反胃，不只方才吃下去的那一口，在胃裡的儲貨再一次地傾倒而出，面前的碗盛裝不下，滿溢了出來。

就在這幾秒內，觀眾席裡白花油和口罩的銷量瞬間暴增七成。

曹繼賢吃了，但是吃下去的東西又全部吐出，不算吃下肚也不算沒吃，沒人猜中，莊家通殺！

海棠直接對著曹繼賢飆髒話，但曹繼賢無力回嘴。

曹繼賢舉手投降，「我、我退出……」他轉過頭，看了看千春和傑拉德，「接下來就靠你們了，吾友……我會在一旁監督對方的，我的心志與你們同在。」

「你這沒用的廢物！」千春憤怒地斥罵。

「隊長放棄了，你們還要繼續嗎？」柳浥晨悠哉地詢問。

「他才不是隊長！我們才不是那廢物的手下！」

她才不甘願這樣結束！千春惱火地看了看傑拉德，對方也沒有要離席的意思。

「繼續比！除非我們全部倒下，否則絕對戰到底！」

這場三對三比的是兩方人馬吃下的碗數，就算少了一個人，其他兩人還是可以再戰。

服務生將場地清理乾淨，將曹繼賢的位置換到了邊緣，把傑拉德和千春的位置移到中央。接著，比賽再度開始。

所有人都停留在第五碗，中途被曹繼賢那麼一攪和，接下來要吞咽變得更加困難、更加煎熬。

封平瀾看了看錶，整場比賽才進行了四十三分鐘，但他覺得好像過了一世紀那麼久。

他覺得頭腦一直籠罩著昏眩感，像是重感冒加暈車的感覺，他的視線開始渙散，眼前的景物自動打上了柔焦效果；四肢無力，握在手中的湯匙數次滑入碗中，他必須把注意力放在手上，才能穩住湯匙。

封平瀾繼續吃，進食速度變更慢了。在過程中，他有好幾次握著湯匙恍神，直到身旁的人提醒，他才回神，像機器一樣僵硬地把食物送進嘴裡。

希茉看著封平瀾，臉上盡是擔憂。

該怎麼辦……她想幫助封平瀾，卻想不到辦法……

忽地，一個念頭閃過她腦海。但她對這主意感到遲疑和畏懼

糾結了幾秒，最後下定決心。

她默默地退到窗邊，背對著窗。手掌握拳，張開，一根彩羽浮現，隨風飄出窗外，在空中化為色彩斑斕的嬌小雀鳥，振翅翱翔，朝著醫療大樓飛去。

比賽在第五碗陷入了僵局，食物減少得非常緩慢，只有伊格爾維持著平穩的速度把食物吃完。

封平瀾的視線望向窗外，看著那飄落的雪。

好美喔……

怎麼會發展成這樣呢？這和他所設想的影校校慶完全不同……

胃中的食物，不斷地藉著產生鼓脹感和刺痛感，突顯自己的存在。

他一直很期待慶典，在腦中幻想了好幾種版本。眼前的情況，完全超出他的想像力之外。

封平瀾撫了撫難受的肚子。

不過，這樣的發展也很有趣呢！太好笑了！哈哈哈……

「喂！你在幹嘛！」千春的斥喝將封平瀾的意識拉回，「你把手伸出去幹嘛?!該不會是把食物偷偷倒掉吧！」

「樓下沒人發出慘叫聲，顯然是沒有……唔！」海棠反駁，壓下了反胃感之後，對著千春厲聲開口，「妳還要胡鬧多久？」

「我才沒有胡鬧！」

「魏淞芳奪走了我在乎的一切，魏家的一切事物都令我厭惡。但是仔細想想，留在魏家也是有好處。」海棠冷冷地開口，「因為可以不用看到妳。」

「你幹嘛對我那麼凶！」冬犽的料理讓千春身心受創，情緒不太穩定，此時的她，眼眶隱隱泛紅。

「是啊，海棠真的很凶，嘴巴很壞。」封平瀾忽地悠悠開口，插入了對話。

他的頭靠在椅背上，望著窗外紛飛的雪，臉上漾著超然了悟的微笑。

這次，他的意識是真的不清了。

「可是，海棠也只有嘴巴壞而已，他的心地非常柔軟善良，海棠從來不做傷害別人的事。」

影1A的學生全部挑眉。

老兄，你在影校開學第二天就被他找碴追著打吶！

「你現在講這些幹嘛！」海棠低聲斥問，但封平瀾置若罔聞。

「雪好美喔，呵呵呵。」封平瀾傻笑了幾聲，繼續開口，「海棠就像一匹孤獨的狼，總是獨自行動，總是對外人展現凶狠的形象……」

在場的群眾們開始竊竊私語。

現在是真情告白的時間嗎？難道這場比賽，最後會在溫馨感人哭哭啼啼的情況下，以大和解作結嗎？

比賽的變數太多，沒人知道接下來會如何發展。眾人屏息，靜觀其變。

封平瀾繼續以夢囈一般的語調說著，「但是，即使是狼，也有一顆溫熱的心；即使是狼，也是喝奶長大的。雖然牠不像羔羊一樣會跪乳，也不像抹香鯨一樣，每半小時就要喝好幾升的鯨奶……但是，想想那趴在母親身邊啜飲母乳的小狼，在牠的身上，是看不見邪惡的……」

沒人知道封平瀾在講什麼，只是覺得好像很感人。

只有柳浥晨和蘇麗綰少數幾個人看出，封平瀾已經意識不清、語無倫次。

「你在胡說什——」

「但是！那頭溫馴可人的小狼兒，去哪了呢！」封平瀾忽地抬高音量，「牠消失了嗎？沒有。絕對沒有！孤高凶惡的態度，只是一種防禦、一種保護，就像保溫瓶的防護栓一樣。之所以堵住洞口，是為了保護無辜的人，免於被熱茶燙傷的危險……」

座中有些人開始覺得怪怪的，但是也有不少人被打動，偷偷拭淚。

「當海棠對一個人越凶越壞時，代表著他越在意那人，越不希望對方因他而受傷，畢竟，他是狼，狼的生活是少不了鮮血和戰鬥的。」

封平瀾緩緩轉頭，看著千春，「所以呀，那刺耳又嚴厲的話語背後，會不會是藏著溫柔的關心呢？就像是布滿荊棘和毒草的森林裡，其實有座開滿花兒的祕密花園……」

站在一旁的墨里斯嘀咕，「媽的，現在換我開始想吐了。」

封平瀾的話如雷貫頂地打中千春。

她眨了眨眼，看著海棠。

是這樣嗎？所以，海棠對她那麼壞，其實是出於對她的關心囉！

喜悅的神采，逐步染上了千春的容顏。

受到封平瀾瘋言瘋語影響的不只千春，站在角落守候的曇華，臉上浮閃過了一絲複雜的情緒。

「噢，這是多麼令人憐惜，多麼令人心碎……」封平瀾長嘆，「這樣善良又惹人憐愛的小狼，教人怎麼忍心棄之不理，怎麼忍心為難呢……」

「你給我閉嘴！」海棠怒吼。

下一刻，奇蹟出現。

千春忽地放下湯匙，緩緩地舉手。

「我、我放棄……」她看了海棠一眼，「你別得意！我可不是因為你才放棄的！」

「妳會放棄純粹是因為自己的無能。」

「哼！就知道你會這樣講！」千春抱怨，但語調聽起來似乎不怎麼生氣。

服務生撤去千春的碗，把她的位置移到曹繼賢旁邊，讓兩人在桌邊觀戰。

趁著收拾的空檔，海棠壓低聲音詢問封平瀾：「這是你計算好的結果嗎？」

但是，封平瀾沒有回應。

海棠轉頭，發現封平瀾雙眼閉上，一臉安詳。

「喂！」他用力地推了推封平瀾，「封平瀾！」

所有人緊張地盯著封平瀾，以為這場殘酷的比賽終於出現第一名罹難者。

被突然地搖動叫喚，封平瀾嚇了一跳，睜開眼，「喔喔！抱歉抱歉，我睡著了！有點累！我還可以繼續！」

眾人鬆了口氣。

站在外圍的百嘹，輕笑著對著璁瓏開口，「我還以為，我們得找新契約者了呢……」

比賽繼續，目前是傑拉德一對三。

柳浥晨出聲下令，給所有的選手一杯水。

封平瀾喝了一大口，眨了眨眼，腦子清楚了些，但是胃部傳來的不適感依然強烈。

他看著面前的傑拉德，傑拉德也盯著他。

封平瀾不得不佩服傑拉德，對方雖然面色鐵青，滿身冷汗，但是表情始終沒改變，始終掛著那輕視一切的冷漠。

「那個，傑拉德呀，你們的隊裡只剩你了耶。」封平瀾開口。

傑拉德沒有回應，只是繼續盯著封平瀾。

「堅持下去對我們雙方都沒好處，為什麼不放棄呢？」

「既是出於報復，也是出於樂趣。」

「樂趣？」哪來的樂趣啊！他完全不能理解樂趣在哪，也不懂為了報復兩敗俱傷有什麼意義。

「你的表演非常有趣。」

「表演？」

「你似乎很陶醉於扮演扭轉局面、犧牲自己的救世主角色，我看過很多這樣的偽善者，每一個善行背後都另有目的，笑容底下藏著的是醜陋的本性。」傑拉德攪了攪碗裡的湯，「就像這碗湯，令人作嘔。」

「你才令人作嘔！」海棠回吼。

封平瀾倒是不以為意，不好意思地抓了抓頭髮，「傑拉德呀，我沒有你說的那麼了不起啦。」

「……那不是稱讚。」傑拉德勾起殘酷又玩味的笑容，彷彿正要虐殺昆蟲的惡童，「我很好奇，拆下那偽善者的面具，你會露出什麼樣的面貌？不惜一切維持著這樣的假象，背後究竟有什麼樣深沉的陰謀？」

「傑拉德呀。」封平瀾搖了搖頭，苦笑，「你真的太看得起我了啦。」

傑拉德太高估他了，他才不可能妄想自己是什麼救世主。

但傑拉德也有說對的地方。他之所以願意付出，甚至犧牲自己，確實不是出於單純的善，而是別有目的。

但他的理由非常單純，也非常無聊。

目前的生活，是他這輩子最快樂、最滿足的時光，所以不管面對什麼，都能樂在其中。他知道這樣的日子有期限，但他不知道期限什麼時候會到來，所以在那之前，他不想看到有人苦惱、有人悲傷，他希望這段回憶是充滿歡笑的。

犧牲一下自己也無所謂。

「我等著看你失敗後會找什麼樣的藉口，怎麼樣維持你的地位。」傑拉德深吸口氣，將碗裡的東西一口氣吃完。「你還笑得出來嗎？」

「閉嘴，先哭的人會是你。」海棠斥聲，轉頭看向封平瀾，「你也不用隨他起舞，專心吃你自己的東西！」

一道斑斕的玲瓏形體朝著教室飛回，在快抵達窗戶時，化為彩羽。

希茉不動聲色地靠在窗邊，收回羽翼。

掌心的彩羽影子晃動了一下，一股冰涼如水的觸感自手掌滑落地面。

希茉吃了一驚，低下頭，發現地面斑駁紛雜的影子中，有一道影痕格外深邃，光線明明沒晃動，影子卻在地上悄然潛行。

「啊！」希茉驚喜地輕呼出聲。

眾人望向她，不明所以。「怎麼了嗎？」

「我、我……」希茉咽了口口水，努力地思考要怎麼矇混過去，「我不太舒服……」她一手撫額，雙眼迷濛，委屈而退縮地輕語，「我想坐下來休息……可是沒有位置……」

此言一出，觀眾席開始騷動，男學生們踴躍起身讓位，更踴躍地把身旁的同伴推下椅子。

「這裡！這裡有空位！」

「坐這坐這！」

「安靜！保持安靜！」

希茉的舉止在觀眾席引起了一陣小小的騷動。

但封平瀾無暇分心，他低頭看著自己的碗。現在只剩他還停留在第五碗，他得加把勁，讓比賽快點結束。

碗中的湯還剩三分之一，他把碗面向自己，稍稍傾斜，方便以湯匙舀取，但是無力的手掌一個不穩，導致湯碗劇烈晃動，雖然他趕緊扶正，但仍有不少湯汁灑出。

「他打翻了！」曹繼賢眼尖地發現封平瀾的狀況，立刻大聲嚷嚷，「重倒一碗！」

「有嗎？」眾人狐疑地看向封平瀾。

剛剛大家的目光都被希茉拉去，加上角度問題，沒有人注意到封平瀾是否打翻湯。

「有！」曹繼賢小人得志地起身，走向封平瀾，「這裡！」

他戲劇性地掀起遮住視線的桌巾，向眾人展示證據。

但是地面一片乾淨，地毯上僅有兩滴湯汁的汙痕。

封平瀾和曹繼賢同時露出詫異的眼神。

「才兩滴而已，你也太難看了吧！」柳浥晨皺眉，「況且那說不定是前幾組留下的。」

曹繼賢錯愕，但仍強辯，「我剛才明明看到他打翻了！」

「好。」柳浥晨走向前，拿起筷子往大鍋裡沾了沾，然後移到封平瀾的碗上抖了抖，滴下幾滴湯汁。「這樣你滿意了吧！」

曹繼賢本想追究，但觀眾席已傳來明顯的噓聲，他只好作罷。

比賽繼續進行。

封平瀾困惑地看著自己的碗，方才他確實是灑了不少湯出來，為什麼不見了？

碗裡的浮油，反映著室內的燈光。

忽地，封平瀾發現，湯匙邊的影子晃動了一下。

他驚訝地眨了眨眼，舀起一小匙湯，又倒回碗中。湯汁看似正常地注入碗內，但是卻朝著湯匙的影子流去。水位以緩慢的、難以察覺的速度下降。

封平瀾費了好大一番工夫，才壓下想跳起來歡呼的衝動，但嘴角還是忍不住漾起會心的笑容。

他拿起水杯，將杯中水一飲而盡，氣勢萬千地將杯子放下。

「拚了！」

接下來，封平瀾進食的速度加快，幾乎五分鐘就吃掉一碗。他的動作很大，一手捧著碗，一手大口大口地把食物送入嘴裡。

群眾譁然騷動，對他自殺式的進擊方式感到既尊敬又恐懼。

只有封平瀾自己知道，他所吃下去的量不到所見的四分之一，大部分湯汁隨著他的動作自動消失在碗中。

璁瓏不安地看著封平瀾的舉動，「這是迴光返照嗎？會不會吃完的那一刻就死掉啊？」

「不必擔心。」百嘹揚起玩味的笑容，「有人出手了。」

傑拉德沒料到封平瀾會突然發狂猛吃，一時間有點措手不及。

「……有必要嗎？」傑拉德質問，「有必要為了維持無謂的形象，做到這種地步？」

「你還不是一樣，為了找我碴親自往火坑跳。有必要嗎？」封平瀾沒好氣地笑著反問，接著低頭看著碗，低語，「況且，有人願意陪伴我、幫助我，我這一點點的付出，早就值回票價了……」

傑拉德咬牙，也加速進食，低著頭奮力地把食物往肚裡送。

接下來，封平瀾連續吃了三碗，伊格爾和海棠也又各吃了一碗。

封平瀾放下湯匙，對著傑拉德開口，「傑拉德，我們已經領先四碗囉，你至少還要吃掉五碗才有可能贏我們。」

傑拉德低著頭，沒有理會。

「你還要繼續嗎？」

低垂的頭依然沒回應。

「傑拉德？」

服務生走向傑拉德，拍了拍對方，低頭觀察了一下，「他昏過去了。」

柳浥晨看向曹繼賢，露出得意的表情，「看來是我們贏了呢，組長大人。」

曹繼賢咬牙切齒，憤然起身，打算甩頭離去。

「慢著。」柳浥晨叫住曹繼賢，「你還沒付參賽的報名費。」

「那場不算正式比賽！」

「但算是正式體驗，繳費也是體驗項目之一喔。」

曹繼賢怒瞪柳浥晨。柳浥晨才不怕他，雙手環胸，等著看他反應。

曹繼賢最後妥協，憤憤然地抽出張大鈔扔到桌面，扭頭就走。

「歡迎再度光臨呀。」柳浥晨風涼地揮手送客，接著回頭，朗聲宣告，「比賽結束！」

歡聲雷動，在場的人無不對這精彩的比賽投以讚嘆。

封平瀾等人鬆了口氣，退離餐桌。比賽結束，掌聲響起，他們此刻更需要的是休息，還有醫生。

「表現不錯！」墨里斯讚賞地拍了拍封平瀾的肩，「我欣賞你！握緊拳頭奮戰到最後一刻，這是真男人！」

「只是僥倖啦……」封平瀾有點心虛地笑了笑。「那個，我去醫療大樓一趟，拿點胃藥，晚點回來喔！」

「你去休息吧。你們已經做得夠多了，今天晚上不用值班。」柳浥晨笑著拍了拍封平瀾，「謝謝！」

「不用謝啦，應該的。」

柳浥晨遲疑了一下，有點為難地開口，「雖然現在提出有點不近人情，如果可以的話，請你幫忙想一下該如何解決獎品問題。現在生意越來越好，如果沒有拿出很棒的獎品的話，一定會被投訴。」

「放心，我已經想好了！」封平瀾咧起燦爛的笑容，笑中帶了一些惡作劇的成分，「明天去領就可以啦！」

方才的比賽，為影1A賺入高額的收入。除了比賽報名費，觀眾席的票價也隨著時間水漲船高。

柳浥晨全程錄影，原本是怕曹繼賢賴帳而錄影存證，但後來有學生向她要影音檔，想和沒辦法來現場觀戰的朋友分享，於是她一個轉念，乾脆做成ＤＶＤ出售。訂單很快湧入，營業額瞬間衝到了前三名。

「剛才做得不錯。」百嘹走向希茉身旁，笑著開口，「以妳而言，勇氣可佳……」

希茉本想否認，但是支吾了幾聲以後，低下頭，老實承認，「平瀾幫了我們很多……所以，我想應該也要為他做點什麼……」

「所以，妳已經把他當成主子了嗎？」

「沒有。」希茉否認，停頓了片刻，小聲地開口，「平瀾是……朋友……」

「噢，這樣呀。」百嘹笑著點點頭，轉過身回到自己的工作崗位，「或許，這個答案反而更令人困擾吶……」

一離開攤位，封平瀾便直奔醫療大樓。

雖然肚子裡裝了一堆具有破壞力的湯湯水水，但他仍努力加快腳步，穿過廣場，穿過走道，來到了位在二樓角落的辦公室。

他快速敲了敲門，然後轉開門把。

推開門，裡面依然是一片漆黑，空無一人。

然而，空氣中隱約有股淡淡的異味。冬犽料理的味道。

「謝謝！」他對著黑暗開口，笑了笑，然後轉身離去。

封平瀾離開後，奎薩爾現身。

但他知道，對方或許早就察覺到他在屋裡了……

寒若冰霜的臉，閃過了一絲懊惱。

三十分鐘前，希茉的雀鳥出現在他的辦公室。

他略微詫異，因為希茉一直以來都對他感到畏懼，從不敢主動接近他。

雀鳥在空中盤旋一陣，啁啾鳥囀，婉轉鳴聲進入奎薩爾的耳中，自動轉換成話語，通報著希茉送來的消息。

奎薩爾微微蹙眉。

那傢伙又做了多餘的事……

出乎意料地，他似乎並不意外，彷彿已經習慣了。

鳥兒在空中旋繞飛翔，等待著指示。

奎薩爾沉默了片刻，伸指，輕點了一下雀鳥的頭。人影晃動，頎長的身子濃縮入一點黑影之中，黑影閃動，辦公室內再度空無一人。雀鳥也飛出窗外，返回主子身旁。

黑影在柳浥晨宣布比賽結束時，以雷電一般的速度撤返回辦公室內。

沒多久，封平瀾來了。

奎薩爾走向窗口，看著那在雪地中逐漸遠去的身影。

紫色的雙眸，流轉著難以言喻的情緒，以及深深的糾結。

Chapter6

去鬼屋玩最討厭遇到情侶，因爲即使是在充滿死亡靈異的環境裡，他們總是能專注在尋找黑暗角落，繁衍新生命

慶典的第一日在不太平安的平安夜裡，驚險萬分地結束。

第二日，耶誕節，同時也是整個學園祭的最後一天。

早晨十點，攤位開張。經過昨晚的激戰與宣傳，影1A攤位一開張就來了一堆挑戰者。顧攤的學生有了昨天的經驗已駕輕就熟，非常熟練地帶位、遞口罩、遞塑膠袋、清潔、撤桌，並且適時地請看似身體不適的觀眾離席。

柳浥晨放那些晚上有戲劇演出的學生休假，讓他們有充足的體力應付晚會表演。只留下約三分之一的學生顧攤。

「班長，我想和妳調些人手。」封平瀾趁柳浥晨空閒時，開口提出要求。

「你要借幾個人？」

「大概七個吧，不過如果可以的話，越多越好。」

柳浥晨挑眉，「你要做什麼？」

「獵獎品囉！」

「帶你的契妖去不夠嗎？你準備了什麼獎品啊？」

封平瀾湊到柳浥晨耳邊，嘀嘀咕咕地說出自己的計畫。

柳浥晨瞪大了眼，咧起痛快的笑容。

她轉過身，對著在場的所有人宣告，「現在這組客人挑戰結束後，本攤暫停營業兩小時。下午一點開張。」

接著抽出手機，在班級群組裡下發布命令：**影1A所有學生，十分鐘內回班上集合。**

封平瀾微愣，「班長？這樣沒問題嗎？」

「反正已經賺夠本了！」

柳浥晨勾起狠毒的笑容，「該是我們反擊的時候了。」

三十分鐘後，封平瀾帶著社團研的所有社員，出現在超自研的攤位前。

超自研的攤位獨立在眾攤位之外，帳篷比其他整整大了一倍，裡頭也架設了更加複雜的空間咒語。這樣的陣仗規模，是曹繼賢動用特權得來的。

超自研的攤位不是賣吃的，而是實境逃脫遊戲。

一踏入攤內，便轉為黑夜，一座歐洲古典莊園出現在眼前。褐色的莊園在黑夜背景中，看起來有如染了血一般，詭異森然。

超自研的實境逃脫主打的是靈異主題，場景發生在十九世紀倫敦郊區的一座公爵住所。莊園外被巨大的鐵欄擋住，幾名打扮成僕役的學生守在鐵欄外，臉上化著布滿血跡的妝容，負責收費。

看見封平瀾出現，其中一人立即起身離開，向社長大人曹繼賢通報。

「哇！好酷喔！看起來好像真的來到國外！」

「社長不在……」

「啊呀，我們不是來找他的啦。我們是來玩的客人！」封平瀾笑著開口，一邊讚嘆地打量，「好厲害喔！這個布景好逼真，房屋也蓋得好有質感！你身上的衣服是租的嗎？還是自己做的呀？」

「是買現成的來改造……」看守的學生被稱讚，有點不太好意思地開口，「如果是客人，入場費是每人六十九元美金。」

「這破爛遊戲這麼貴？」

璁瓏第一個發出抱怨。

「我們花了很多心思在布景上，裡面有很多器具是當時留下來的真正古董，而且還砸了重金準備獎品給優勝隊伍。」學生解釋。

曹繼賢是個好大喜功的人，他將這次的慶典視為個人表現的舞臺，為了打響曦舫學園超自研在眾影校之間的名號，不惜血本地花錢在布景和獎品上。

特別是獎品，曹繼賢為了與主題契合，搞來了一個真的英國公爵留下的女神水晶雕像，據說那尊雕像雕的是公爵的契妖。

他們非常慶幸，到目前為止沒有隊伍挑戰成功。

「超自研辦活動真是大手筆吶。」柳浥晨冷笑，「真好奇曹社長是如何籌募到這麼多經費的。」

看門的學生咽了口口水，不敢答腔。

封平瀾拿出錢包，抽出一大疊鈔票，清點了一下，然後又抽了幾張補上。

「給你。不用找了。」

守門的學生愣愣，雖然有些困惑，但還是收下錢。「這不是偽鈔吧？」

「我們這麼守規矩，才不會做非法的事。」封平瀾笑著開口，「你可以一張一張檢驗，有問題的話我們也跑不掉呀。」

守門者想了想，便退到一旁。

「進了柵門之後往主屋直走，進去之後會有人說明遊戲規則。」

「謝囉！」

封平瀾一行人穿越前院，來到了主屋前。

墨里斯雙臂向前，用力地將那對開的木門推開，左右門扇向內甩到最底，撞上了牆，門戶洞開。

封平瀾一行人悠悠哉哉地排成一列，慢慢通過。

「動作輕一點！」

一踏入屋裡，曹繼賢的吆喝聲傳來。

「我還以為你會臥病在床呢，沒想到恢復得挺快的。」柳浥晨嘲諷，「噢，畢竟你是第一個放棄的，也沒吃下多少地獄料理。」

曹繼賢怒瞪來者，「你們來幹嘛！」

「來玩啊，我們可是乖乖地繳了入場費呢！」

「這個下人怎麼這樣招呼客人啊？」伊凡搖頭，「態度真爛，叫你們主管出來！」

「我就是主管！」曹繼賢怒吼，「哼，我看各位是來踢館的吧！別以為我不曉得，你們表面上來參加挑戰，實際上是想藉機砸場破壞，讓我們無法繼續營業！」

「不是每個人都和你一樣好嗎？我們的手法才不像你一樣沒格調。」柳浥晨翻了翻白眼，「噢，我知道，你怕了，對吧？」

曹繼賢惱怒，「區區幾個刁民，我有什麼好怕的?!」

「你怕我們過了關，拿走獎品，所以不敢讓我們參加。」

柳浥晨勾起挑釁又輕蔑的笑容，「因為你就是一個卑劣怯懦又頭腦簡單的小人，你怕你設計的『小遊戲』三分鐘就被我們破解。」說到「小遊戲」三字時，柳浥晨刻意用雙手在空中比了個引號的樣子。

「放屁！」曹繼賢勃然。他不允許有人看輕自己的心血。「既然你們不是來破壞的，我自然不會阻擋。不過別忘了！這整個空間都安裝了監視設備和偵測咒語，要是你們企圖損壞布景或傷害工作人員，將會立即被驅逐，支付五倍的賠償金！」

柳浥晨冷笑，「我們會遵守規則，到時候你們也別想耍賴。」

曹繼賢退到一旁，讓看守大廳的學生上場。

學生打扮成老管家的模樣，蒼白的髮絲凌亂，衰老的面容枯乾並泛著幽然的綠光，有如幾個世紀前遺留下來的鬼魅。

大廳正中央的牆面上，掛著一幅肖像畫，畫中的女子有著絕美的容顏，翠綠晶瑩的雙眼，眉宇間卻有著濃濃的憂鬱與哀愁。她有著一頭濃密的金橘色長捲髮，長髮盤成慵懶蓬鬆的髻，用一個精巧的綠色髮飾固定在耳旁，與她的雙目輝映。

老管家開口，以滄桑的語調說著：「晚安，各位。我無法說出歡迎的字句，也吐不出祝福的話語。這裡雖曾是充滿歡笑的樂園，但如今已變成荒蕪的空殼，束縛著哀怨的靈魂……」

老管家繼續說著故事，向眾人解釋故事設定以及遊戲。

故事的背景是在十九世紀末的英國，公爵愛上了一名出身低下的女子，不顧眾人的反對迎娶對方。

然就在新婚之夜，發生了慘案，所有的賓客、僕人慘遭屠殺，公爵大人則是死在床上，心臟被挖出。而那名女子則消失無蹤，生死不明。

「……要離開這幽暗之地，撫平亡魂之怒，唯一的方式，就是找到七把純銀鑰匙。這七把鑰匙分別代——」

曹繼賢咳了聲，對著老管家使了個眼色。

老管家頓了一下，繼續解說，「……這七把鑰匙，分別藏在屋子的各處。你們必須將它們找出，才能開啟通往榮耀的道路。所有參與尋寶的勇者，都會得到幽魂的賞賜。」

曹繼賢揮了揮手，示意管家退場。他走到封平瀾一行人面前，「我再重申一次，不能使用任何魔法、妖力等超自然力量，不能破壞場地，裡面有三分之一的古董是真的，有任何損壞我都會要你們賠償！」

「你真的很沒水準，人家演得這麼好你竟然直接打斷，遊戲的氣氛全被你破壞掉了。」璁瓏皺眉指正，「你就像是攻塔戰鬥正激烈時，突然留一句『媽媽叫我去吃飯』然後就中離的隊友，讓人掃興。」

「囉嗦！總之，場內到處都有監視器，你們休想搞鬼！」

「那麼你最好坐在螢幕前看個仔細囉。」

「我會的！」曹繼賢再度對管家使了個眼色。

管家拿出時鐘，按下，「那麼，計時開始，你們有四十五分鐘的時間在屋內探索搜尋。」

曹繼賢舉起手，指向一旁的通道，「穿過走道就抵達第一關，快滾吧！」

時間有限，封平瀾一行人匆匆穿過大廳，穿過了門，往屋內深入前進。

當他們一離開大廳，曹繼賢立即衝向監控中心，緊盯著螢幕，坐鎮指揮，對著成員下令。

「書房的人預備，挑戰者再三分鐘之後會抵達。盡全力阻止他們！動粗也無所謂！」

走道幽暗狹長，牆上的煤油燈忽明忽滅，光影晃動間，幢幢鬼影祟動逼近。

屋裡布置得富麗堂皇，卻又帶著點時過境遷的陳舊，掛著畫作、貼著華美壁紙的牆面上，處處有濺灑的血痕、手印。

「好厲害喔！」封平瀾邊走邊左右張望，像是參觀博物館一樣。

「和之前超自研社團教室看到的布置差不多嘛。」墨里斯直接點出。

「喔！好像是耶！」這麼說看起來還真有點眼熟。「不過還是有些不同啦！這裡的布景做得更逼真耶！」

宗蝛發出了一聲明顯的嗤聲，非常不以為然。

「只是業餘水平罷了……」宗蝛伸手沾了沾牆上的鮮血，拿到鼻前聞了兩下，然後露出了反感的神情，「廣告顏料？這是兒童美語補習班的萬聖節布置嗎！不能用牲畜的血代替的話，最起碼顏料也該泡過鏽鐵製造血腥味吧……嘖嘖嘖……」

接著，他走到一幅面色蠟黃、雙眼漾著怨恨神情的貴族女子畫像前，湊上，幾乎整張臉貼上去，再度發出輕蔑至極的嗤聲。「這畫是彩色輸出列印的……」

「列印的也不錯啊！」

「沒質感。」宗蝛伸手指了指畫面的左上角邊緣，「角落還有素材網址的浮水印……這裡是給人看笑話的地方嗎……嘻嘻嘻……」

宗蝛一馬當先地走在前頭，左看右看，不斷挑出錯誤和破綻，一路上，那低沉詭異的奸笑聲不斷響起。

「小蝛兒好像很來勁吶。」封平瀾看著那輕快移動的肥碩身軀感嘆。

「這裡到處都有監視器，而且有人埋伏。他說的那些話應該都傳到主控室了。」百嘹笑著開口。

「喔！那要不要叫小蛾兒說話低調點——」

「何必？我們還沒向他要諮詢費呢！」柳浥晨抬頭，看向那藏在燈飾旁的攝影機，勾起惋惜的笑容，「加油，好嗎。」

坐在控制中心的曹繼賢氣得全身發抖。

走道將近盡頭處有一扇門，門板上有著斑斑血跡，以及錯亂瘋狂的抓痕。

「裡面有人。」墨里斯側耳聆停了兩秒，「至少九個人在裡頭。」

「曹繼賢那傢伙一定無所不用其極地妨礙我們，我猜那些小嘍囉還接到了可以攻擊我們的指令。但我們又不能動手反擊，也不能用咒語禁止他們的行動。」伊凡看向封平瀾。

「要怎麼辦呢？」

封平瀾抓了抓頭，一時間想不到對策。

「不然就先破壞監視器吧！」墨里斯興致勃勃地提議，「監視器壞了以後就開扁，反正他們也沒證據！」他已經悶太久了，好不容易在試煉的時候能伸展一下，但是還沒過足癮就結束。他非常期待和人痛快地戰鬥一場。

百嘹輕笑，「頭腦簡單的人真的很幸福吶。」

「你有什麼意見！」

「不用擔心，各位。」柳浥晨漾起報復的笑容，「我早就想好了，看我的吧。」

她轉身將一個東西交給伊格爾，在對方耳邊交代了幾句，接著走向前，轉開門把，將門推開。

裡頭是一間寬敞的書房，中央放了一張大原木桌，兩側的牆面立著寬大的書櫃、櫥櫃，以及幾張沙發。

隱藏在黑暗中的人蓄勢待發，等封平瀾他們一踏入房間，就會直接現身攻擊。

但封平瀾等人卻站在門外，並沒有立即進入。

柳浥晨快速地掃瞄了整個房間，找到了監視器的位置。

「伊格爾，右上角那裡！」

伊格爾舉起手，瞄準攝影機，將柳浥晨塞給他的東西擲去，一團白色的物體打到攝影機上方之後散開，一塊方形的物體滾落。那是一條手帕，裡頭包著橡皮擦，橡皮擦增加了布的重量，便於投擲，又不容易造成毀壞。散開的手帕垂下，正好蓋住了攝影機的鏡頭。

「為什麼看不見了！」曹繼賢看著一片花白的螢幕，完全不知道發生了什麼事，只能透過耳機掌握情況。

「昨天曹社長在我們攤位留了點東西忘了帶走。」柳浥晨對著書房裡朗聲開口，「我想，現在或許是物歸原主的好時機。」

書房裡的學生以及主控室的曹繼賢都一頭霧水，不明白柳浥晨所指為何。

「忘了嗎？」柳浥晨從手袋裡拿出一個拉麵碗。

藏在黑暗中的學生，有些反應快的人意識到了柳浥晨的意圖。

「靠！不會吧！」

「別太過分啊！把它放下！」學生們直接從黑暗中跳出，驚惶制止。

曹繼賢聽著耳機，完全無法了解書房內的情況。

「她做了什麼！快回報！快回報啊！」

柳浥晨笑了笑，將碗面朝前方，「這是空的。」

學生們鬆了口氣。

但柳浥晨接著開口，「所以，裡頭的東西呢？」

「你們不能破壞布景……」一名化妝成喪屍的學生警告。

「我們不打算破壞，只是想留些小驚喜。」柳浥晨笑著說明，「我們把曹社長親自製造的那碗佛跳牆分裝在小罐子裡，用紙封口。」

「然後？」

「在遊戲期間，我們有很多機會把這些小罐子藏在屋中的某些角落，這些小罐子不會造成任何破壞，不過——」柳浥晨勾起邪惡的笑容，「要是你們在收攤整理時，自己沒注意，把罐子弄倒，可能會有點麻煩。」

這女人是魔女啊！

「藏匿的時候，我們會把每一架監視器都擋住，你們也查不出在哪裡。身為超自研的社員，有幸沾沾偉大的曹社長的雨露，滋潤一下，也是件榮幸的事。」

「不！不能這樣做！」超自研社員惶恐不已，「妳犯規！」

「沒有犯規，監視器只是被布遮住，沒有損壞，遊戲規則裡也沒有說不能藏東西。」

「妳想怎樣！」喪屍男開口，「妳想恐嚇我們告訴妳鑰匙的藏匿點嗎?!」

「我又不是你們社長，才沒那麼沒品。」柳浥晨沒好氣地揮了揮手，把碗收回，「我們在搜尋時你們安分點，別來礙事擾亂就好。」

眾鬼怪互看了一眼，識相地站到一旁。

反正，就算不出手阻礙，對方也找不到鑰匙。

柳浥晨確定超自研的社員不敢妄動之後，轉過頭看著封平瀾，「吶，換你了。」

「好的！」

墨里斯放下背後的背包。封平瀾蹲下身，打開厚重的袋子，在地上忙了一陣。當他再度起身時，手中多了一根約一點五公尺的長棒，棒子的另一端連接著一個圓盤。

封平瀾舉著握把，按下一個扭，接著開始在房間裡到處揮舞，四處尋繞，像是在進行什麼奇怪的儀式，過程間長棒偶爾會發出細小的聲響。

「那是金屬探測儀！」一名穿著西裝、頭上插著一把刀的社員認出了封平瀾手中的儀器，瞪大了眼，「那是專業級的型號，你哪來這東西！」

「喔唷！同學挺識貨的喔！」封平瀾笑著回答，「從地質研究社社辦借來的。」

「只是個遊戲而已，有必要這麼認真嗎！」

「想想你們社長的為人吧，那解釋了很多事。」

超自研的學生全部露出了然於心的表情。

「這屋子裡金屬不只一樣，他測不出的！」另一名超自研的學生不干示弱地開口。

「不，測得出。」頭插刀的學生沉著臉，娓娓說明，「每種金屬對探測器的無線電磁波會有不同反應，透過這些差異，機器能辨識出偵測到的金屬種類。」

封平瀾看著那學生，驚奇地稱讚，「哇喔！你懂很多耶！真了不起！」

頭插刀的學生謙虛地笑了笑，「還好，略懂而已。」

封平瀾繞了一圈之後，沒測到什麼反應，他將探測儀舉起，對著櫥櫃和書架掃描。

「嗶嗶嗶！」

當感應器經過其中一個書櫃時，發出了響亮的聲響。

封平瀾放下儀器，將那個區域的書一一抽下，然後在書後的牆面上看到了銀色的鑰匙。

超自研的學生發出了懊惱的低吟。

第一把鑰匙到手之後，一行人迅速撤離，準備前往下一個目的地。

他們繞過迴廊，登上樓梯時，一名魁梧的身影出現。打扮成園丁鬼魂的學生，手上拿著斧頭，滿臉鮮血與刀疤，一臉凶惡地擋在面前。下方的樓梯也出現了一大票人。

「要通過這裡，必須經過我的考驗……」

「你們的小伎倆在這裡沒用，樓梯上沒有地方讓你們藏東西！」

「啊呀，看來曹繼賢也開始動腦了。」

「現在該怎麼辦？」

前後都被手持武器的敵人包夾，卻又不能動武、不能使用咒語。

封平瀾苦惱地將頭探出扶手外，目測了一下高度。

目前他們的位置離地約兩公尺，可以讓契妖跳下去，在底下接住他們——

就在這時，蘇麗綰開口了。

「你好，」她非常有禮地對著園丁鬼魂開口，「請問你是趙同學嗎？」

手持斧頭的血面園丁震了震，「妳認得我？」

「你是超自研的活動股長，之前社團研在審查超自研資料時，我看過你的資料。」蘇麗綰禮貌卻又不給人距離感的親切微笑，「你的檔案做得很仔細呢。」

園丁板著臉，嚴厲地開口，「想巴結我是沒用的，我會盡全力阻止你們通過！」語畢，揮了揮斧頭，以示威嚇。

「噢，只是想和你談談而已。」蘇麗綰極有禮貌地繼續說著，「雖然此時提起有點冒味，但我一直找不到適當的時機回應你的問題。」

「什麼問題啊？他問了妳什麼？」伊凡好奇。

「關於趙同學之前寄來的信。」蘇麗綰看著園丁，似乎有點不好意思，「他在月初寄了一封信給我，非常……嗯，感情真摯。」

園丁立即否認，「妳怎麼——不，妳弄錯了，我沒寫過情書給妳。」

「你怎麼知道是情書？」伊凡覺得好笑，點出盲點。

聽到八卦的味道，超自研的學生全停下動作，沒人衝上來發動攻擊，全站在原地關注著接下來的發展。

「我猜的！以妳的條件，收到情書是很合理的推測！」園丁繼續狡辯。

「雖然信上沒有署名，但信封上印著超自研社活動組的字樣。而且我看過超自研的活動紀錄，你的字跡和信裡的一樣。」蘇麗綰客氣地說著，細細柔柔的語調讓人感覺不到半分惡意，彷彿只是很單純地想要解決這困擾多日的問題，「而且裡面還有一張收據，簽著你的名字……」

惋惜的感嘆響起，超自研的學生全對此發出同情。

「股長啊……你又熬夜趕社團檔案了喔？」

「股長每次精神不濟就會出錯。」

「竟然忙到連情書都在社辦寫，組長真可憐……」

園丁沒有回應，臉上一片僵硬，沒有任何反應。

但他的心在泣血，發出了天崩地裂的咆哮。

啊啊啊啊啊！他是白癡！

「——對於信中的問題，」蘇麗綰再度開口，拉回了所有人的注意，「我已想好答覆，但一直聯絡不上你。」

眾人屏息，靜靜聆聽。

「喂！第七小隊的人在幹什麼！不要發愣！快點動作啊！」

曹繼賢的吆喝從耳機傳來，但沒人理會。超自研的學生直接拔去耳機，將那聒噪的噪音排除，繼續專注眼前的大八卦。

「謝謝你在信中對我的讚美和肯定，我非常高興，也非常感動，所以，」蘇麗綰客氣地開口，「我覺得，比起請名人來演講，找廠商合作對社團宣傳更有效益。另外新生集訓的地點我建議辦在校內，到外縣市去太耗經費，更別提出國舉辦了。社費調漲到四千元似乎有點多，畢竟你們之前呈報的社費是每人五百元，一口氣漲八倍真的有點誇張。」

眾人愣愣。只有超自研的人知道發生了什麼事。

「天啊！股長你把社內的活動問卷也夾進去了?!」

「怎麼會犯這樣的錯，遞交之前沒有檢查一下嗎？」

園丁僵立在原地，眼神已死。

來人，殺了他吧。

「噢，還有，」蘇麗綰繼續開口，清麗的容顏漾起天使般的笑容，「我很樂意當你的朋友。」

園丁的身子重重一震，晴天霹靂，彷彿有人拿著斧頭朝他腦門直劈而下。

「天啊……」

「好虐……」

超自研的社員們紛紛發出不忍的嘖聲。

「股長，加油，你還有我們。」

「啊啊啊啊啊——」讓他死了吧！

園丁將斧頭扔到一旁，崩潰絕望地發出了羞憤的哀鳴，轉身狂奔而去。

「股長！等等！」

「股長冷靜點！」

在樓梯下方的社員趕緊追上，封平瀾一行人非常配合地退到兩邊，讓他們通過。

蘇麗綰眨了眨眼，笑道，「我說了什麼失禮的話嗎？」

「妳剛才用斧頭把一顆少年心劈碎。」

雖然整個過程有點莫名其妙，但無論如何，危機解除。

一行人快步登樓，朝著下一個關卡前進。

第二個關卡是倉庫。

倉庫內堆滿了大大小小的木箱，以及蓋著白布的家具。

封平瀾拿出探測器，偵測了一番，發現屋裡到處都有強烈的信號。

他打開幾個木箱，裡頭都放著銀製品。在眾多干擾之下，無法利用探測器找出鑰匙的位置。

「看來剛才那些傢伙是為了拖延我們的時間，在我們抵達之前放入這些銀器。」

封平瀾拿著探測儀上上下下地繞了一圈，發現到處都有反應，不管是箱子裡、櫥櫃裡、甚至是吊燈上，都有銀反應。

「啊呀，這下可麻煩了。」封平瀾關閉探測器，「看來只能把所有的東西都翻開來找了。」

所有的人開始翻箱倒櫃，尋找任何可能藏匿的小角落

伊凡彎下腰，打開一個木箱，把裡頭的所有雜物一一倒出，裡面裝的是數十個小盒子，「怎麼這麼多垃圾！煩死了！」

他惱火地把每個盒子一一拆開。

封平瀾環顧整個房間，看著正努力翻找的同伴，陷入沉思。

這些雜物是為了擾亂他們的探測而放的，所以必定是在倉促中所準備。

每個木箱的外型看起來都一樣，書櫃上的書也是大同小異，經過這樣的翻找，位置全都被移動，若是鑰匙藏在其中，超自研的人要如何判斷鑰匙的位置？

「等一下。」封平瀾開口，阻止同伴搜尋，「鑰匙不在這些雜物裡。他們做這些布置，只是為了耗費我們的時間而已。」

他張望整個房間，目光停在窗戶上。其他間的窗戶都是畫的，只有這裡的窗是真的。

他走向窗戶，推開窗，窗外放著一盆盆的日日春。他認出那是社團大樓前的花圃盆栽，連盆子都沒換，上面印著「曦舫學園公物」，看來是被臨時搬過來湊數應急。

他伸手一一摸過盆栽，感覺到其中一盆表面的泥土比較鬆軟。掘了掘，銀色的鑰匙出現。

畢竟是公物，超自研的人也不敢把鑰匙埋太深，要是弄壞了的話可是會被工友訓斥的。

取得第二支鑰匙，接著前往下一個關卡。

眾人穿越走廊，下了另一座樓梯，來到一樓的佣人房。

拉開門，裡頭是個寬敞的臥室，左右兩側各擺了一張張的床，每張床上都躺著滿身是血的女僕。

封平瀾一行人踏入房中時，床上的女僕全部彈躍而起，每個人手中都拿著棍棒及武器，對著入侵者展開一連串的攻擊。

「那個卑鄙小人，竟然派女生來應戰！」墨里斯皺起眉，接下了揮來的金屬球棒，稍稍使點力就輕輕鬆鬆地把球棒抽離對方手中。

「不管他派男生還是女生，我們都不能動手。」

幸好契妖都去維持布景和空間的幻象咒語。在不能使用咒語的情況下，要面對妖魔卻不能回手可就棘手了。

女僕的數量比封平瀾的隊伍人數還多，每個人連番出手，雖然對方沒拿著攻擊性強的武器，但是被打到的話還是會痛，而且在不能還手的狀況下，只能盡量閃避，根本無暇搜尋線索。

「要是理睿在這裡的話一定會很高興。」封平瀾一邊閃一邊笑道，「被女孩子包圍一直是他的夢想。」

「現在提他幹嘛啊！」

「噢，只是剛好想到而已。」想起好友，封平瀾再度揚起笑容，「他上次還親手做了一個桃子造型的羊毛氈手環，說是要送給他喜歡的人呢。」

「你給我專心一點！」

激戰中，百嘹悠哉地在人群裡晃蕩，有如跳舞一般避開所有攻擊。

一名女僕跳到他面前，戴著手指虎的拳頭眼看就要落下。

百嘹也不閃躲，只是露出驚訝的神色，「噢！妳嚇到我了。」

女僕像是被燙到一樣，立刻在空中收回手，「啊！真的很抱歉。」

「讓我驚訝的不是妳的人，而是……」百嘹伸出手，牽起那戴著黑色指虎的指節，「這雙嬌嫩的柔荑，竟然戴上了如此醜陋的東西，糟蹋了它的美。」他輕輕將指虎脫下，丟到一旁，然後滿意地點點頭，「這樣好多了。」

女僕傻傻地看著百嘹，站在原地，整個人失去了思考能力。「謝、謝謝……」

「辛苦妳了。妳看起來很累，應該多休息。」百嘹溫柔地開口，「可以告訴我鑰匙放在哪兒，讓我們早點結束這場無意義的鬧劇嗎？」

「這個……」女僕猶豫不已。

今天她本來排休，是臨時被調過來支援。如果只是加班的話就算了，但曹繼賢又下令要她們攻擊這組挑戰者，這和原本的遊戲規則不一樣！她根本不想來也不想照做！但是曹繼賢是社長，也是個小人，不照做的話社團時間會很難過。

「給一點提示可以嗎？」

女僕望向戰鬥中的人群，壓低了聲音，「你可以去找其他女僕，有人『知道』正確的位置……」

百嘹挑眉，笑了笑，「謝謝。」語畢在那柔軟的手背上留下一吻。女學生發出了小動物般的興奮低鳴，整個人幾乎要站著昏迷過去。

百嘹轉頭，一邊閃避其他接連而來的攻擊，一邊觀察場內情況。沒多久，他便發現了端倪。

女僕們接二連三、此起彼落地出手，一個人退下後，另一個人便上前遞補，沒有空隙。但其中有一個女僕混在人群後，在混亂中跟著移動，卻沒有出手攻擊。

其他女僕也非常有默契，不著痕跡地擋在她面前，彷彿在守護著她，不讓封平瀾一行人接近。

百嘹勾起嘴角，向上一躍，接著一個旋身，抓住了空檔，出現在那名女僕面前，將她逼到牆邊。

「玫瑰園裡的紫羅蘭。可以把鑰匙給我嗎？」

女僕眨了眨眼，錯愕，「為什麼問我……」她們每個人的打扮都一樣，為什麼百嘹找上她？

「我不曉得，直覺吧。」百嘹以低醇的嗓音提問，「我也想問妳，為什麼我的目光總是被妳吸引呢？妳可以告訴我答案嗎？」

「呃！這……」

「鑰匙在妳身上嗎？」

百嘹上下打量著對方，那樣的眼神和態度讓女僕心跳加速，好像全身的衣服都在這道視線底下化為虛無一樣，真是令人羞怯！

百嘹的手伸向她的裙襬側邊探了探，「似乎沒口袋。」接著，他牽起對方的雙手，看了看，「也不在手上。那……是在哪裡呢？」

女僕沒答腔，她覺得自己一開口心臟就會跳出咽喉。

其他的女僕察覺到異樣，紛紛停下動作。

她們沒上前阻止，也沒繼續攻擊，就站在一旁，緊張地看著角落的發展，看著那有如偶像劇一般的情景，聽著那曖昧的對白，內心也開始悸動。是正宗的壁咚！那段壞男人的調侃真讓人臉紅心跳！這是所有少女夢想中的場面啊！

「喂，妳們不攻擊了嗎？」璁瓏開口。

眾女同時回頭，對著璁瓏發出噓聲，阻止他破壞氣氛。

「噓！安靜！」

連希茉也在其中。

百嘹盯著女僕，輕輕地放下對方的手。

「難道，不在外頭，而是在……」他的目光看著女僕的衣領。

眾女騷動不已。

「那傢伙搞什麼鬼！是想在現場開演三級片嗎？」墨里斯不以為然地冷哼。

「噓！」

百嘹的手輕輕貼上女僕的頸項。對方渾身一顫，全身寒毛豎立，卻又發熱發燙。

修長的指頭滑到頸後，微微一挑，勾住細長的銀鍊，接著朝前方緩緩拉動。鍊子的末端，掛著的正是銀白的鑰匙。

百嘹輕輕將鑰匙扯下。「謝謝。」他在鑰匙上吻了一記。

眾女發出一陣羞怯的呻吟。

「有什麼好鬼叫的！莫名其妙！」海棠不悅地輕哼。

「當然有！」一直保持安靜的希茉像是某個開關被打開一樣，忽地開口，「那鑰匙方才貼在她的胸口，上面還帶著她的體溫和香氣。親吻鑰匙就像親吻對方的胸口一樣，明明是間接又委婉的動作，卻比直接觸碰來的更加挑逗、更加煽情！情欲被勾起，但是又得壓抑，這種想要又不能要、欲迎還拒又還迎的矛盾糾結，才是真正撩動官能的催化劑——」

「沒錯沒錯！」眾女點頭如搗蒜。

意識到自己失態，希茉立刻噤聲，低頭，羞赧地細聲解釋。

「……我只是……之前有人告訴我這個，我剛好記得……是電視上播到有人說這些話，我剛好看到……」

「哪個節目啊？」璁瓏不解，「又是那種整部片全是肉色畫面的影片喔？」

「不、不是的！沒有整部！只有三分之二……不！三分之一而已——啊！」

現場瞬間沉默，陷入尷尬之中。

「呃，時間不多了，我們趕快去下一關吧！」封平瀾開口岔開話題。

「對對對！快走吧。」

一行人匆匆離開房間，像是什麼事也沒聽見一樣，往下一個目標前進。

Chapter7

看清楚規則和公告再發問很困難嗎？Yeeeeeee——！

第四關卡，場景在浴室。

浴室結合了更衣間，內部非常寬敞，左側是一個龐大的浴池，骯髒的浴簾半掩。其他的空間內則放著貴妃椅、櫥櫃、雕花矮桌、以及一面等身鏡。

地面上、櫃子上、桌子上，到處擺著銀器。

曹繼賢為了擾亂封平瀾的搜查，完全不在意故事設定，從各處盡可能地調來了銀製品——銀杯、銀餐具、銀燭臺、銀幣，還有不知從哪個倒楣學生那裡徵收來的戒指和耳環。

海棠走向浴池，掀開浴簾。浴池裡裝著一整缸滿滿的深色液體，看不見底。

「嗚啊啊啊啊啊！」

一個身影忽地從浴池中坐起，雙手各拿著一把刀，一邊發出難聽的嚎叫，一邊揮動刀刃。

海棠反射性地出拳，但曇華的動作比他更快，一個箭步插入兩人之間，長劍擋住了對方的刀，向上使勁，兩把刀便被彈到了角落。

海棠趁這空檔把對方推回浴缸，伸手把他壓在池中。

「不用多事！」海棠瞪了曇華一眼，「我自己會解決！」

「抱歉。」曇華恭順地低下頭。

男學生被突然推回水池，喝了不少髒水，嗆咳不已。

「鑰匙在哪裡！交出來！」海棠怒聲質問。

「我不知道。」男學生勾起賴皮的笑容，「你不能對我動粗，逼我告訴你答案，不然會喪失資格！」

海棠皺眉，一時不知該如何動手。

「交給我吧！」伊凡自告奮勇地走到浴缸旁。「幫我抓好他。」

海棠照做，將男學生牢牢地壓制。

男學生看著伊凡，不安地開口，「你想幹嘛！這裡也禁止使用咒語！」

「這池子裡的水之後會怎麼處理呢？」

「廢水直接倒掉。」男學生不知道伊凡葫蘆裡賣的是什麼藥，緊張地嚇阻，「你要是想對我施水刑的話，一樣是違規的暴力行為！」

「我才沒那麼野蠻呢！」伊凡從背包中拿起保溫壺，「既然是要倒掉的廢水，那麼弄得更髒的話，也不算毀損布景囉？」

「你想幹嘛?!」難道，那瓶裡裝的是社長的——

伊凡轉開瓶蓋，揚起笑容，「要不要幫你加點料，泡起來更有滋味呢？」

「不——！」男學生掙扎，但是海棠把他壓得緊緊的，完全跑不掉。「在這裡！鑰匙在池子裡！」

他手忙腳亂地在血池裡摸找了一番，眼看著保溫壺離自己越來越近，動作也更加慌亂。

「你是不是騙我，故意拖延時間呀？」伊凡質問。

「沒有！等等！再、再等我一下！」慌亂摸索的手碰到了一個硬物，他趕緊抓住，舉出水面，「在這——」

「啊，手滑了。」伊凡握著保溫壺的手抖了一記。

杯中的濃稠液體朝著男社員迎頭灑落，溫熱的液體淋下。

「啊啊啊啊啊啊——」男社員發出淒厲的慘叫。

「只是芝麻糊，大驚小怪什麼。」伊凡拿起杯蓋，倒了一小杯，啜了一口，發出滿足的呻吟。

但是男學生已昏了過去，沒有聽見。

伊凡從男學生垂落在浴池邊的手中拾起鑰匙，甩去髒水，交給封平瀾，「拿去。」

「伊凡你真壞心耶！」

「哪有，這是和你學的好嗎！」封平瀾在試煉的時候吐了傑拉德一身，他倒杯芝麻糊而已，客氣多了！

第五關卡，廁所。

推開門，靠著牆是一間間的廁所。

隊員一一進入，將門推開檢查。每間廁所裡都放了一堆銀器干擾。

「這裡好臭喔……」伊凡抱怨，「有股東西腐爛的味道。」

「曹繼賢該不會吐在這裡吧？」

「這個人根本是活動汙染源……」

封平瀾快速地繞了一圈之後，走入最髒最臭的那間廁所，然後捲起袖子，直接將手伸到馬桶之中。

「你幹什麼！你瘋了嗎！」

「髒死了！」

冬犽倒抽一口氣，「平瀾，我不知道你有這樣的習慣……以後家裡的茶杯全交給我清洗，你不用幫忙。」

「冷靜點啦！」封平瀾一邊挖掘摸索，一邊開口，「要是這裡真的放了糞便的話，超自研的社員就不會那麼在意我們藏嘔吐物了。」

「那這臭味是怎麼回事？」

「應該是甲硫醇吧，和瓦斯漏氣時的味道頗像的──啊，有了！」封平瀾抽出手，手臂上沾滿了褐色的汙痕。「以曹繼賢的個性，他一定是藏在最臭最髒的廁所裡，認定我們不敢伸手去拿。」

封平瀾把鑰匙遞給同伴，眾人全退後了一步。

「啊唷，就跟你們說了這裡面很乾淨，沒有穢物啦！」封平瀾聞了聞自己的手臂，「這是巧克力醬啦！不信的話可以舔舔看，來，海棠──」

「滾開！不要靠近我！」

雖然理智上知道那不是髒東西，但是受到場景影響，每個人都不想接近。這裡的布景是廁所，但假的洗手檯無法供水。眾人一直和封平瀾保持兩公尺的距離，直到蘇麗綰掏出溼紙巾，給封平瀾擦拭掉手上的褐色汙跡之後才恢復正常。

最後一關是餐廳。

餐廳裡有非常多的銀器，照理說應該是最難探測尋找的一關。但曹繼賢為了擾亂他們搜尋，將大部分的銀餐具移到了前面幾個關卡，一時間又調不回來，所以一打開探測器，沒兩分鐘就找到。

整座莊園裡能進入的房間都搜過了，但是目前只找到六把鑰匙。

「還差一支，還有哪個房間沒去過嗎？」

「都去了，這裡是最後一間。」

「會不會有的房間裡藏了兩支鑰匙，被我們遺漏了？」

「一個關卡裡應該只會有一支鑰匙。」封平瀾篤定地開口。

「你怎麼知道？」璁瓏好奇。

「曦舫的學園祭討論版上，有人分享玩遊戲的經歷。」他昨天就查了，知道鑰匙是銀製的，所以才會想到借金屬探測器來尋找。「加上超自研在討論版上一直洗版打廣告，廣告裡簡單地提到一些遊戲規則，房間的數量和每間只有一把鑰匙，這些都是公告出來的資料。」

事實上，根據他從討論版上看到的訊息，他知道曹繼賢省略了很多細節和規則沒告訴他們。照理說，管家應該詳細地述說發生在莊園裡的故事，故事裡會埋下很多暗示藏匿點的伏筆，供玩家做為推理的線索。

但是曹繼賢打斷了管家的說明，只告訴他們有七把鑰匙。

他之所以沒點破，是為了不讓曹繼賢知道他們事前調查過，從而阻止他們參賽或是提高藏匿的難度。

「討論版裡有說藏在哪裡嗎？」

「沒有，很少人找出鑰匙，大部分的人是空手而歸。而且，藏的地點雖然都在房間內，但是位置可以改變，不會藏在同一處。」

眾人面面相覷，最後決定折返，從頭再搜索一遍。

依舊一無所獲。

百嘹本想再找幾個人來問話，但是對方似乎料到他們會這麼做，第二次搜索的過程裡，沒有任何人出現。

距離遊戲結束還有十一分鐘。

還差一把鑰匙。

究竟鑰匙藏在哪裡呢？

當眾人二度搜查佣人房時，封平瀾坐在一張床上苦思。

他們遺漏了什麼線索？

封平瀾沉默了片刻，把目前搜集到的鑰匙一一拿出，攤在床上。

「耶？」

「怎麼了！」眾人聽見封平瀾的聲音，面露希望之色。

「鑰匙上嵌著的寶石顏色都不一樣耶！」淺藍、黃、紫、紅、橘、深藍……「這是彩虹的顏色。鑰匙上的寶石對應的是彩虹的七色，我們還沒找到的鑰匙是綠寶石的那支！」

「所以呢？」伊凡沒好氣地開口，「這對我們的搜尋並沒有幫助……」

封平瀾不這麼認為。

如果沒有意義的話，把每把鑰匙都做成統一的樣式就好，既然刻意變換了顏色，代表著顏色也有意義，具有某種暗示……

到底是什麼呢？

閉上眼，開始倒轉記憶。

餐廳、廁所、浴室、女佣房、倉庫、書房。難道是樓梯？不，樓梯上的插曲純粹只是為了拖延時間而已，不算。

從最後一關到第一關裡，有什麼是他遺漏的？

等等，第一關是從書房開始嗎？

當時，管家一講完故事就按下計時器。如果第一關是從離開大廳才開始計算，那麼他未免按得太早了一點。

「穿過走道就抵達第一關，快滾吧！」

他想起曹繼賢的言行，突然覺得不太對勁。

他們是挑戰者，但曹繼賢卻好心地為他們指路，告訴他們正確的方向和位置。

現在想想，那似乎不是善意的提醒，而是希望他們快點離開大廳。

封平瀾抓了抓頭。

可是大廳空蕩蕩的，沒什麼東西，有什麼可以藏匿的地點——

忽地，腦中浮現了起那雙憂傷的翠綠眼眸。

「啊！」

「又怎麼了？難道七支鑰匙剛好可以敲出七種不同的音調嗎？」

「不是啦！」封平瀾拿起鑰匙，「我知道在哪裡了！」

一行人前往大廳。

時間剩下三分鐘。

曹繼賢已雙手環胸，站在大廳中央的畫前等著他們。

「怎麼，要放棄了？」他揚起小人得志的笑容，「各位應該還沒找齊鑰匙吧？我不意外，畢竟這是個高難度的智力考驗，對你們來說，或許還沒進化到擁有智力這種東西。」

「你不說話會死嗎！」

「我告訴你，你們剛才闖關時的一舉一動都被我錄下來了。」曹繼賢大笑，「好了，投降吧！願意向我道歉，坦承自己的無知和無禮的話，我可以考慮不把那些影片上傳到網路。」

「上傳到網路又怎樣？丟臉的是你吧。我們又沒做出什麼見不得人的事。」柳浥晨停頓一下，「除了隊長伸手到馬桶裡扒糞的那一段。」

「啊唷！我就說那個是巧克力醬了啦！」封平瀾為自己喊冤，接著拿出鑰匙，走向曹繼賢，「這是我們找到的鑰匙。」

「嗯哼。」曹繼賢挑眉，「還少一支呢？」

封平瀾笑了笑，忽地伸手，拍向曹繼賢頸邊的牆面。

「噢……」希茉發出反感的呻吟，「我完全不想看這種壁咚……」

曹繼賢瞪大了眼，「你、你想怎樣！」

封平瀾笑了笑。

「最後一把鑰匙，在這裡。」

他的手在畫面上滑移，來到了畫中女子的耳邊。髮飾附近的觸感和其他部分不太一樣。他沿著那微微凸起的表面，向外一摳，一塊長形的物體掉入掌中。

封平瀾拿到面前端詳。最後一把鑰匙被顏料覆蓋住，貼在畫上，鑰匙的尾端嵌著綠寶石，正是髮飾上寶石的顏色。

「拿去。」他把鑰匙遞給曹繼賢。

「噹！噹！」

計時終止的鐘聲恰好響起，遊戲結束。

曹繼賢緊抓著鑰匙，手掌泛起青筋。

「啊呀，真糟糕，你們的遊戲被還沒進化到擁有智力的生物給破解了耶。」柳浥晨風涼地開口。

「算你們行……」

「那，獎勵呢。」

曹繼賢不甘不願地轉頭，對著管家字字泣血地下令，「把過關的獎品拿來……」

片刻，管家抱著一個玻璃櫃折返，裡頭裝著一尊精緻華美的女子雕像。

「謝囉！」柳浥晨看向封平瀾，「你贏來的，你去接手。」

「不是我啦，是大家一起努力——」

「快去。」

封平瀾不好意思地接下獎品，曹繼賢瞪著他的眼神像是隨時會噴出火燄。

柳浥晨拿出相機，拍照留念順便存證，以免到時候曹繼賢耍賴說是他們搶的。

「就這樣？」柳浥晨似乎還不滿足。

「妳還想怎樣?!」

「對了，我記得討論版上的宣傳廣告是說，參與隊伍裡的每一個成員都有獎品，對吧？」

曹繼賢臉色鐵青，轉頭命令管家拿出參賽紀念品。

在場的十一人都拿到了一份。

「這樣滿意了嗎？」曹繼賢咬牙切齒地詢問。

「數量不對喔。」

「你們每個人都拿到獎品了，還想怎樣！」

「誰說我們只有這些人？」柳浥晨拍了拍手，「好了，大家出來領獎吧。」

忽地，大廳的各個角落紛紛出現了人影。全是影1A的學生。

「你們什麼時候來的！」

「一開始就來了。」柳浥晨得意地解釋，「他們身上施了隱形咒語，和我們一起進屋，然後留在大廳，等著尋寶結束和我們會合。」

「這算犯規！」

「我們都老實地繳了入場費喔。」封平瀾開口，「而且你的規定是，進了屋子之後禁止施展魔法，他們的隱身咒語是在進場以前就施好了的。」

「但咒語在運作就算犯規！」

「若是所有的咒語都算犯規的話，那麼，辨識學生身分的銅環、計算等級積分的咒語，這些全都違規。」柳浥晨反駁，「施咒者就坐在職員辦公室，歡迎你去舉發。」

曹繼賢突然覺得自己腳底下的地面突然消失，他正往深不見底的黑洞不斷下墜……

「我們沒有那麼多獎品……」曹繼賢無力地開口，聲音聽起來頓時老了好幾歲。「大不了退費……」

「入場費是我們的參賽資格，獎品是我們的勝利報酬，兩者無關。」

「妳到底想怎樣？」

「你可以讓我們拿攤裡值錢的東西來抵，」柳浥晨笑著提議，「或者我立刻通報，說你們違法營業，詐騙顧客。」

曹繼賢深吸了一口氣，像是亡國之君一樣悲憤開口，「隨你們吧……」

影1A的學生從莊園裡選了幾個擺飾和文具，還有那七把鑰匙，滿載而歸地返回。

攤位營業到了下午三點便提前收攤，為了準備晚上的表演。

連續兩天的暗黑料理挑戰，沒有人成功。按照吃掉的量和速度計算排名，第一名的挑戰隊伍是鳴海苑高校的四名學生，第二名和第三名則是由曦舫和以利高校取得。

每位參與者都對獎品非常滿意。

夜幕低垂。

廣場中的耶誕樹前，架設起露天舞臺，那是晚會表演之處。

影1A的出場順序是第四組，前一組演哈姆雷特的班級撤場時耽誤了一些時間，導致他們晚了幾分鐘才進入後臺準備。但幸好每個人都在登場前完裝，就定位。

「接下來要表演的是影1A，帶來的節目是由安徒生童話所改編的故事——人魚王子。」主持人宣告著接下來的節目。

臺下的觀眾聞言，全都發出了輕蔑的嗤笑。

「人魚王子？好幼稚喔。」

「大概是把心力放在攤位上，所以表演的部分就草草了事吧。」

奚落的笑語，在布幕掀起時瞬間消失。

舞臺上是一片海洋，色彩斑斕的魚群自在游水。海洋深處，有座礁岩和貝殼砌成的城堡。

「布景做得還不錯嘛。」

旁白響起。

「在蔚藍的海底有一個王國，由人魚建立的王國……」

扮演人魚的希茉、曇華出場。

底下男學生歡聲雷動。

「國王共有六名子女。」

墨里斯、璁瓏、伊格爾出現。

女學生們發出讚嘆驚豔的吃吃笑聲。

「——其中，小王子百嘹是最受寵、最得大家喜愛的……」

百嘹登場。

瞬間，廣場被刺耳的尖叫聲給淹沒。

故事開始。

Chapter8

在海底王國裡，女人魚會穿上貝殼遮胸，男人魚則是直接裸奔

海洋彼端，花都此時正是早晨。

白晝的天空飄著細雨，雨絲在日光的照射之下，在空中畫出一道七彩虹橋。寬大厚實的身影站在雨中，抬起頭望著彩虹，看得出神。

「怎麼了？」忽地，他的身後傳來好奇的詢問聲。回首，發現是昨晚解放了自己的人。

「是彩虹。」瓦爾各指著彩虹開口，「聽說，彩虹是至上神與人類立約的記號。」

「看不出你挺詩情畫意的，瓦爾各。」男子發出了輕笑。「走吧。」

「我以為我們短期內不會再相見。」

昨晚，他依照指示前往會合點。一名召喚師帶他到一間小旅舍裡，給他更換的衣服和偽造的證件。接著在他身上施了幾個偽裝和封藏的咒語；清晨時，帶著他來到巴黎。

領路人把他安置在一間咖啡廳裡，要他十點時到隔一條街的十字路口，與另一個接應者會合。

他沒想到會看到熟面孔。

「是啊。」男子苦笑，「組織內最近人手不足，只好派我來了。」

事實上是因為他那些同事們都不太喜歡和皇族往來，所以引薦新人的差事，便落到他頭上了。

瓦爾各跟在男子身後。男子沒撐傘，任由雨絲灑落肩上。

忽地，一道陰影籠上了男子的頭頂。

他停下腳步，抬起頭，發現上方多了把傘。

「唷！真貼心吶！」

「這是德利索家族要求的。他們要求契妖照料召喚師的一切生活所需，契妖不只是武器，也是下僕。」

「你已經不是德利索家的狗了。」

「我知道。」瓦爾各苦笑，「幾百年的積習，一時難改。」

男子盯著瓦爾各，笑了笑，任由瓦爾各繼續幫他撐傘。

「今天是耶誕節。」走了一小段路，瓦爾各開口，「你不用留在家裡和家人一起度過？」

男子頗感興味地轉過頭，「你是教徒？」

「德利索家是。每年耶誕，整個家族都會到德利索家的私人教堂進行彌撒，唱聖歌，還會舉辦宴會。」

「哈！」男子發出嘲諷的笑聲，「明明做了那麼多骯髒事，殺了那麼多人，竟然還上教堂頌讚主名？」

「因為德利索知道，至上神總是對人類慈愛憐恤，以祂的慈悲塗抹他們的過犯。」

「詩篇五十一篇第一節對吧。」男子停下腳步，新奇地轉頭，「我第一次聽見妖魔會背聖經，你真是個奇葩。」

「德利索一家都很虔誠。我跟了他們四百年，多少知道些東西。」瓦爾各停頓了一下，「況且嚴格說來，德利索家只對妖魔和不從者殘酷。在地方上，他們算是有名的慈善家。」

「對妖魔殘酷就不算犯罪？」

瓦爾各沉默了片刻，才開口，「至上神只愛人類，並不垂憐於妖魔，所以……」就算被殺害，就算被當成物品一樣地對待，對神來說也不算罪。

「你錯了。」男子笑著搖了搖頭，「人類只是自以為蒙恩寵罷了。」

兩人步行了一陣，瓦爾各再度開口，「你知道我引用聖經，也知道出自於哪個章節，你也是至上神的追隨者？」

「不是。」男子輕笑，腦中浮現了一個穿著白袍的身影，「只是有個熟人熱衷此道，跟在他身邊也耳濡目染了一些，就像你被德利索家影響一樣。」

「原來如此。」瓦爾各點點頭。「對了，召喚師。」

「你總是這麼聒噪嗎？」

「你還沒告訴我，我該如何稱呼你。」

男子促狹一笑，「叫紳士怪盜吧。」

「那只是你偽裝的身分。」

男子挑眉，遲疑了片刻，「東尉，綠獅子禦庭四柱的風之東尉，通常三皇子那邊的人都叫我東大人。」

「那是你的封號，不是你的名字。」

男子不耐煩地哼了聲，但仍微笑，「你的話太多了。」

他沒有給予答案，逕自向前走。一路上，瓦爾各也沒再發話。

大約過了二十分鐘後，兩人來到了市中心的一棟大樓前。

樓層高聳，比其他的建築物還要凸出，整棟建築外牆被灰色調的花崗岩包覆，雕刻成羅馬式的風格，光滑的石面映照著光影，散發著奢華的氣息。

「這就是三皇子的基地？」瓦爾各看著眼前的建築，詫異地道。

東尉輕笑，「與其說是基地，不如說是宮殿比較恰當吧。」

瓦爾各沒繼續開口，若有所思地跟在東尉的後頭，進入建築之中。

門廳的裝飾和擺設比外頭更加繁複華麗，但處處有穿著西裝的守衛巡邏駐守。

東尉出示證件，通過層層檢驗確認之後，最後才得以通行。

「你也是第一次來？」瓦爾各好奇。

「不，我是這裡的常客。」東尉按下電梯鈕。

「常客也得接受那麼多道檢驗？」

「三皇子要求的。」東尉踏入電梯，瓦爾各跟著進入。電梯門關上後，東尉才繼續開口，「因為他不信任人類。」

瓦爾各皺了皺眉，似乎有些意見，但他沒有說出口，只是繼續提問，「剛才那些守衛全是妖魔？」

人數那麼多，他沒想到皇族在人間有這麼大的勢力。

「你的原型是貓嗎？這麼好奇。」東尉笑了笑，從口袋中掏出半截面罩，一邊回答一邊戴上，「一到五樓的警衛全是人類，五樓以上才由妖魔駐守。」

瓦爾各再度皺眉，不再說話。

電梯在頂樓停止運作。兩人在一名侍從的帶領下，穿過走道，來到三皇子所在的廳房。寬敞的大廳裡，有一整片的落地玻璃帷幕，將巴黎的景色盡收眼底。大廳中央放著一張華麗而高大的椅子，三皇子就坐立其中。

「好久不見了，皇子殿下。」東尉禮貌地行禮。

彎腰時，他看了瓦爾各一眼。

瓦爾各見狀，也跟著鞠了個躬。

「這位是在平安夜裡剛獲得釋放的妖魔，已經被囚禁在召喚師手下四百年了。」

「四百年？那可真久。」三皇子撐著頭，傲然地看著瓦爾各，「被人類馴養了四百年，是否有能力成為皇族的精兵？」

語畢，大廳裡一名護衛一個閃身，雙手化為長滿利刺的皮翼，朝著瓦爾各左右開弓襲來。

瓦爾各頭也不回，身子微微一側，巧妙地以些微之差避開了夾攻，垂下的手瞬間爆出長爪，猛地舉起，向後一揮，一拳打在攻擊者的臉上。

「唔！」

守衛被拳頭的力道打飛，落地時退後了好幾步堪堪穩住身形。他伸手抹去滿臉的血，繼續向前一躍，發動攻擊。

瓦爾各此時才轉過身，面對敵手。守衛如驟雨般接連出手，招招致命，但瓦爾各的速度比他更快，總是能即時避開，並且抓住對方的空隙，給予攻擊。

雖然瓦爾各已收斂了力道，但是守衛接連中招，累積下來的傷勢也不輕。

「你打不贏我的，收手吧。」瓦爾各開口勸告。

「三皇子沒有准許我停手。」守衛滿臉是血，呼吸急促，但仍拚命向前攻擊。

瓦爾各微愣。眼前的人已經全身負傷，卻不願認輸。他雖想手下留情，但也不得不繼續應戰。

「好了，可以住手了。」三皇子看膩了這樣的對打，出聲制止。

守衛立即停手，如釋重負地鬆了口氣，退到原本站立的位置。

「這位勇士證明了自己的實力。」三皇子淺笑，看著瓦爾各，以慈悲的口吻開口，「你叫什麼名字？」

「瓦爾各。」

「瓦爾各嗎？原來是座狼一族的。」三皇子點點頭，笑著伸出手，「即便你原本的族裔並不屬於我管轄支派，但是，所有的妖魔都是我的子民，我願意接納你，與你立約，讓你在人界有所依皈，有立命之地。」

瓦爾各站在原地，看著三皇子停在空中的手，沒有下一步動作。

三皇子的金眸微斂，閃過一絲凶光。

「瓦爾各？」他笑吟吟地開口，語氣卻極為陰森，「你不願對我稱臣，效忠於我嗎？」

東尉出聲打圓場，「他已經被協會的召喚師折磨四百年了，現在不僅得到自由，還歸入了三皇子麾下，這麼大的落差，讓他感動到傻了。」

「是嗎？」

瓦爾各點了點頭，走向前，在三皇子面前單膝下跪。

「我何其有幸，能以這卑賤的地位，與尊貴的皇子殿下立契……這簡直超乎我所求所想，言辭已不足以表達我的感激之情……」

三皇子滿意地勾起嘴角。

他輕吟了一聲咒語，指尖泛起金光，接著輕觸瓦爾各的頭。金光向下蔓延，化為一道光環，繞住了瓦爾各的頸子。光環閃動片刻，接著消失。

「契約成立。」三皇子抽回手。

瓦爾各起身，對著皇子拜謝，接著退回東尉的身後。

「好了，餘興節目結束。」三皇子看向東尉，「該來談談正經事了。東大人，開鑿界壁有什麼新進展呢？我已經很久沒得到令人振奮的消息了吶。」

「稟告皇子殿下，毫無進展。」

大廳內瞬間被極具壓迫感的肅殺之氣所籠罩，站在一旁的守衛們露出了不安的神色。

「你換了個可笑的新造型之後，說話也變得風趣多了呢。」三皇子手撐著頭，一雙金眸盯著對方，「所以，今晚你出現在這裡的目的，就是為了告訴我，你們失敗了？」

「還沒有失敗，但也沒有進展就是。」東尉輕笑了聲，「畢竟，三皇子總是派些蝦兵蟹將過來，幫不了什麼大忙，所以工程會停滯呀。」

佇守在一旁的侍從，為這名客人的勇氣捏了把冷汗。

面對這無禮的發言，三皇子臉上仍掛著笑意。

「我明白了。」他撐著頭的手放下，搭在扶手邊，「綠獅子派你來這裡，是要以你的死當作賠罪之禮。」

他彈了個響指。

站在王座面前的東尉身上，同時響起了骨頭碎裂的聲音。被突如其來的狂暴力道扭擠，血液從全身的毛孔中噴灑而出，飛濺一片腥紅的濃霧，緩緩飄落地面。變形的軀體像風中殘燭般晃了晃，然後癱倒在地

三皇子瞪著地面上的屍首，赫然發現，躺在地上的竟是自己的守衛之一。

慘死的妖魔在死後化為原形，腹部傷口如湧泉般流出黑紅色、焦油狀的血液。

瓦爾各低頭看著妖魔的屍首，不發一語。

笑聲輕輕響起，戴著面罩的容顏，出現在原本守衛站立之處。

三皇子看著眼前的男子，挑眉，不以為然地冷笑了聲，「不愧是禦庭四柱的風之東

尉，果然有些本事。」

「沒殺成我，失望嗎？」東尉走向前，站在屍首旁。

「不，」三皇子坐正身子，「要是合作對象這麼不堪一擊，我會對自己的識人不清感到失望。」

「過獎了。」東尉輕嘆了一口氣，「我也希望自己帶來的是喜訊，但是開通和固定異界通道真的非常不容易，何況這次開鑿的是碁柱角，七芒星議會已經為此折損六名高階召喚師了。」

瓦爾各在聽見異界通道時瞪大了眼，錯愕地看向東尉。

「這代表妖魔也死了六個。」三皇子冷哼，「畢竟召喚師一向把妖魔當擋箭牌使用吶。」

「原來三皇子如此愛護同類、民胞物與，連不是自己管轄的妖魔也垂愛憐憫。」東尉讚賞，但語調中帶著濃濃的諷刺意味。「不過，倒也不是一籌莫展。要順利鑿通道路還是有方法的，但這方法需要三皇子您的協助才能達成。」

「我提供的協助還不夠嗎？」

「不是只提供人力，派出再多的妖魔也只是增加傷亡數字。要開通碁柱點，必須借助更強而有力的東西。」

三皇子瞪著東尉，等對方說出答案。

「綠獅子找到了祕傳的禁咒，這咒語是從巫妖那裡得來的。咒語要發動最重要的條件就是，必須要有皇族的靈鑽做為媒介。」

「啪！」

四面的強化玻璃、大理石地板和天花板同時發出爆裂聲，瞬間布滿了蛛網一般的裂紋。

「你知道你自己在說什麼嗎？」三皇子幽幽地輕聲問。

皇族的每個繼承者生來就具有一枚靈鑽，那是靈魂的結晶。靈鑽本身具有強大的力量，但是隨著繼承者年齡的成長，力量會逐漸減弱，即使失去靈鑽，對於皇族也沒有影響。但靈鑽不只是身分的象徵，也代表了整個家族的期望和榮耀，對於皇子而言，是與性命和尊嚴等同重要的東西。

這區區的人類竟膽敢開口向他索要靈鑽？太放肆，太狂妄了！

「只是問問罷了。」東尉不以為意地笑了笑，好像方才開口借的是枝筆，「那麼，對於工程的進展，還請三皇子繼續等待了。」

「你這是恐嚇？」

「我怎敢恐嚇三皇子。」東尉冤枉地苦笑，「苗頭不對的話，三皇子隨時都可以撤回幽界，繼續當你的三皇子。我們可不一樣了，協會的召喚師們可是一直很積極地在鏟除我們吶。」

東尉的話說得謙卑，但語中帶刺。聽在三皇子耳中，就像一根椎子，一路刺往他的心。

失敗的話，他可以撤回幽界，繼續當他的三皇子。

但他永遠只是個皇子，成不了王。

扣除在人界下落不明的雪勘，六皇子羅騰、九皇子雅瑣雖然表面臣服，但他們始終不承認他的地位。畢竟，他背叛了最信任他的雪勘，才取得頂點的位置。

三皇子沉默片刻，開口，「我會再加派人手給你。」

東尉輕嘆了聲，「謝謝三皇子的協助。」

看來，今天的談判到此結束。

「至於你。」三皇子看向瓦爾各，「你的第一個任務，就是跟在東大人身邊，協助他，並且隨時向我回報消息。」

瓦爾各恭敬接命，「遵命。」

瓦爾各跟在東尉身後，退出大廳，進入電梯，下樓。

一路上，瓦爾各一直沒開口，直到出了大樓，步行到街上時才說話。

「我以前沒見過皇族的人。」

「我還以為和三皇子立契之後你的語言能力也喪失了。」東尉笑了笑，「親眼見到皇族的感覺如何？」

「如果他是皇族爭奪戰的得勝者，那麼幽界在我離開之後退化墮落了不少。」

「你講話挺毒的。他可是你的新主子吶。」

「立契的時候，我只表示謙卑與尊重，並未宣示忠誠。」

「看得出來。」東尉輕笑，「你搞這些小動作有什麼目的？」

「我不會做出不確定的承諾，只要有萬分之一的猶豫也不行。」瓦爾各認真地說著。

「才剛立完約就開始預謀叛離呀？」

瓦爾各遲疑了片刻，開口，「……他沒有王者的氣度。」

「喔？」

「既然不信任人類，卻和人類合作。這不是智者的行為。只要情勢不對，或者等他達到目的，他隨時會背信翻臉。」瓦爾各停頓了一下，「當然，你們也是如此。」

東尉哼笑，「管好你的口舌，你的坦誠總有一天會給你招來麻煩。」

「無所謂。我只在你面前說這些。」瓦爾各聳聳肩，不以為意地繼續說著，「三皇子對待下屬的方式，和召喚師一樣。在他眼中，我們也只是工具。」

「呵，你很敏銳。這是天生的，還是德利索教你的？」

確實，三皇子一直看不起和召喚師立約的妖魔。但因為開通受阻，人手有限，因此他便向三皇子提議，襲擊召喚師，以接收他們的妖魔。

三皇子考慮了四天才首肯。

當初只是想取信三皇子，增加人手。沒想到最後加到自己手邊來了。

「我們挺有緣的。」東尉苦笑，「好不容易擺脫了人類，又要和人類一起行動，委屈你了。」

「無所謂。反正我不討厭你。」

一輛汽車駛過，激起一灘積水，朝著人行道噴灑而來。

瓦爾各動作迅速地向前，擋下了水花，護住東尉不被汙水濺到。

東尉挑眉，「德利索教的？」

瓦爾各點點頭。

「謝了。」

「我需要協助你什麼任務？和剛才提到的開通有關嗎？」

「別那麼急，那個任務暫時別管。我手頭上的工作是以貨運為主。」東尉拿出手機，看了看行程，忽地，手機響起兩聲電子音，一封訊息送到。

東尉皺了皺眉，切回原本的畫面。

「你會暈船嗎？」

瓦爾各回答，「不會。」

「很好。」東尉發送出確認通報給組內的同伴，「第一個任務是郵輪之旅，不錯吧。」

「現在就出發？」

「別那麼急。一月中才啟航。」東尉按下快速播號鍵，「先去法蘭克福一趟，我要接一個人。」

那總是掛著假笑的容顏，在電話接通的那一刻，浮現真誠的笑靨，「是我，我下午三點前可以到達。收到禮物了嗎？」

電話彼方傳來興奮的感謝。

「我也想你，晚點見。」

東尉掛上電話之後，瓦爾各好奇地開口，「是不從者的同伴嗎？還是妖魔？」

「我最重要的人。」

「她是我最重要、最想念的人。」

穿著半透明彈性薄紗材質人魚裝的百嘹，坐在岩石上，在晨曦的照耀中望著遠方山嶺上的城堡，深深嘆息。

身為人魚王子的他，因緣際會地在暴風雨的夜晚，救了落難的蘇麗綰公主，將她送上岸，看著皇家的人馬把公主帶回之後才離開。

但是從此之後，他經常來到岸邊，向遠方探望，希望能再一次和公主相見。

臺下的學生認真地看著戲劇，每雙眼睛都認真得出神，不曉得是因為希茉的劇本寫得好，還是演員的演技扣人心弦。

又或者純粹只是因為濕了的戲服，將每個人的身體曲線勾勒得若隱若現，半透明的布料讓人心猿意馬地猜想著每一個陰影處究竟代表著什麼部位。

封平瀾扮演的是隨從的角色，沒有出場時便留在後臺。他的戲分不多，整場戲只露兩次臉，所以大部分的時間，他只是個穿著戲服的觀眾，坐在後臺觀看演出。

「但是，見到了又能如何？」百嘹低頭輕語，「她和我是不同世界的兩個人，我不能在她面前現身。即便對方願意接受我，願意與我相戀，這個世界仍會將我們拆散，使我們不得不分離……」

封平瀾聽著對白，莫名地，心裡有股澀澀的感覺。

「我親愛的弟弟。」

粗獷的語調從身後響起，百嘹回頭，看見穿著人魚裝的墨里斯浮在海面，手上還抱了塊浮木。

墨里斯全身僵硬。他怕水，即使明知包圍自己的海洋只是假象，但那逼真的視覺效果和觸感，讓他無法以平常心看待。他趁著導演不注意，拆了塊木板登臺，拿著木板比較能讓他心安。

「二皇兄，你怎麼在這裡？」百嘹忍著噴笑的欲望，照著劇本開口。

「你這幾日在宮中鬱鬱鬱鬱寡歡，為兄的都看在眼裡。」墨里斯生硬地吐出臺詞，鐵青著臉，連自己多唸了兩個鬱也沒發現。

「二皇兄，你為何抱著木板？」百嘹刻意詢問，「莫非你又偷襲了人類的漁船，搶奪他們的食物？」

這句話劇本中沒有。

「不、不是的，這是道具箱的蓋子——」墨里斯沒反應過來，忘了自己還在演戲，老實地吐出答案。

「皇兄剛說什麼？」

「呃！我是說——」墨里斯趕緊思考如何挽回，「這是木板。」

「我知道。」百嘹笑看著墨里斯的慌亂，「我好奇的是，皇兄為何緊抓著木板不放？」

「我——」墨里斯語塞，答不出來。

他的目光看向後臺，發現柳浥晨正用凶狠的目光瞪著他，示意他扔開木板。

但他不能放！放開的話就會沉下去！他得想個理由好繼續持有這個板子——

「皇兄是為了遮掩早起的晨勃嗎？」百嘹笑著詢問。

「對！沒錯！」墨里斯想也不想地直接回答，但立即察覺自己上當，「啊！不是！該死的臭蟲子，你竟敢——」

曇華忽地現身，將墨里斯擋在後方，開口，「二皇兄是在擔心你的近況，因為你最近經常露出悲傷的表情，行蹤不定，整個人也消瘦了許多。我們想知道，究竟是什麼事讓你傷神掛心？」

這個段落原本曇華不用出場，但因為墨里斯的表現實在太糟糕，所以臨時派出曇華來滅火。

百嘹嘆了口氣，「我愛上了一個人。」他望向遠方，「一名人類的女子。」

曇華露出震驚的表情。「你竟然愛上了人類！」

墨里斯此時也露出震驚的表情，臉色發白，因為他發現，木板在他一路緊抓之下，竟然承受不了力道而碎裂。

「我知道這段感情是不被允許的，但是，我無法抑制內心的渴望。」百嘹露出痛苦的神情，「我該怎麼辦呢？皇姐？」

「這……」曇華陷入了苦思，彷彿這是個無解之謎。

「你可以去找在住在海溝的黑沼海妖！她會配製讓人魚變成人類的魔藥，只要你為此付出代價！」墨里斯在海面載浮載沉，一口氣把接下來的對白搶先說完。

「黑沼海妖？」

「對，就是她！距離皇城東北方一百哩的海底礁岩區！海妖很邪惡，你不能去找她，我勸告過你了，千萬不能去找她索取魔藥，知道嗎！」

「我明白了。」百嘹憋著笑，「已經不早了，再待下去會被人類看見的，我們回去吧。」

幕簾降下。

「你這白癡！」

一陣怒吼聲隱然響起，幕簾後方傳來了一陣騷動起伏。

片刻，幕升，新的一幕開始。

陽光照不進的陰暗海溝，魚群稀少，一片靜謐。

黑暗中，隱隱傳來幽森的綠色火光

人魚王子百嘹游過高聳崎嶇的礁岩，朝著那微弱的光源前進。

光源來自一個石窟。百嘹停在洞口，猶豫了幾秒，毅然游入洞中。

「迷途的魚兒，這裡不是你玩耍的地方……」

百嘹一進入洞中，低沉的嗓音從中響起，他更加向前，在洞穴的深處，見到了盤踞其中的黑沼海妖。

穿著黑色低胸章魚裝，戴著假髮、全身漆成淺紫色的宗蜮，陰沉地坐在一個滾沸翻騰的鍋子後方，臭著臉看著來者。

相似度將近百分之百的烏蘇拉，降臨三次元世界！

宗蜮登場的那一刻，座席間一陣騷動。

百嘹王子看著宗蜮海妖，遲疑了片刻，「我是來——」

「愚蠢的傢伙。」宗蜮發出一陣嗤聲，打斷了百喙的話語，「我知道你要的是什麼……你為了可笑的原因，打算拋棄自己的族裔，去追尋不可能有結果的戀情……」

「即便知道希望渺茫，但我還是想放手一搏，追尋一生所愛。」

「你根本不認識那女人，也沒和她相處過，只憑著一面之緣就說是真愛？」宗蜮發出一陣刺耳的笑聲，「皇室的人是喝了太多人類排放的廢水嗎？一代比一代無能……」

百喙王子沒有回答海妖的問題，反而困惑地望著對方，「為什麼你會知道我的事？」

海妖勾起陰森詭譎的笑容，章魚觸手舉起，貼上了百喙的臉，緩緩滑下，繞過他的頸子、鎖骨，接著來到了胸口之前。

觀眾席裡紛紛響起興奮的抽氣聲。

觸手停在心臟之前片刻後，移開。「……因為我一直看著你。」

百喙想追問，但另一隻觸手忽地擋到了他的面前，觸手末端捲著一個玻璃瓶。

「這是你想要的魔藥，喝下它，你將能化成人類。」

百喙接下玻璃瓶，「我需要付出什麼代價？」

觸手再度繞上了他的脖子，纏了個圈。

「你的聲音。」宗蜮開口，「失去了聲音的你，將無法向她解釋你的來歷，無法向她訴說你的感情；無法告訴她，為了見她一面，你所做的所有犧牲……」

百嘹漾起迷人的笑容，「無所謂。即使無法用言語交流，還是能心意相通的。」

宗蜮發出了一陣不以為然的蔑笑，收回觸手。

「幻化成人的藥有缺點。第一，在變成人的過程，你將承受劇烈的痛苦。魚鱗剝落，像是外皮被人一片一片地摳抓撕開；你的尾部會分裂，骨頭也被剝成兩半；接著所有的肌肉筋骨會被一根一根拆散，那種感覺就像是用刀片將下半身割成一條一條的細絲，再重新編織……嘻嘻嘻……你會失血，但是血液會快速再生，你的血管會因那劇烈的縮脹而痛苦難忍，就像是有根針頭斷在血管之中──」

百嘹輕咳了聲，把越講越起勁的宗蜮拉回現實。

宗蜮撇了撇嘴，「嗯，總之，很痛。」

「我知道了……」

「此外，這瓶藥只有半年的時效。如果半年內你無法與心愛的人結合，將會化成泡沫消失。」

「半年夠了。」百嘹看著玻璃瓶，「就算最終的結局是分離，但我寧可用一切來換取這半年相處，也不要抱著遺憾度過一生。」

後臺，封平瀾撐著頭看著舞臺上的戲劇，心有所感。

半年啊……

他和契妖們相遇已經過了四個月。這四個月內，他數度面臨生死交關的險境。

如果讓他有重新選擇的機會，他仍然會義不容辭地和六妖們立契，仍然會加入影校。

和同伴一同赴險戰鬥，比起一個人孤獨地數算餘生來得有趣快樂多了！

就算這樣的日子隨時可能終止。

心底，忽地浮起一陣深沉的孤寂。

「喂！換你了！要換到宮廷場景了，侍從準備上場！」

「喔喔好的！」封平瀾趕緊起身，把那些雜念拋諸腦後。

化為人形的人魚王子，在經歷變化形體的劇痛之後，昏迷在岸上。

由於這片海灘是皇家的私人領域，倒在岸邊的百嘹，很快地就被巡邏的士兵給發現，帶回宮中。

從海岸救回了身分不明的俊美男子，立即在宮廷內引起眾人注意。

「你叫什麼名字？」蘇麗綰扮演的公主好奇地開口。

百嘹微笑，指了指自己的喉嚨，然後搖搖頭。

「你無法說話呀……」公主發出了惋惜的感嘆。「你是從哪來的？」

百嘹指向窗外，指向那碧藍的汪洋。

「你是從海上來的呀……」公主輕笑，看著百嘹，沉思了片刻，「我們是否見過面？」

百嘹只是微笑，沒有說明。

百嘹王子住入宮中以後，對一切事物都很好奇，他的魅力與獨特的行徑讓公主對他產生興趣。百嘹對宮廷裡的所有器具都很陌生，似乎從來沒見過這些日常用品一樣。

夜晚，當宮內點亮燭光時，百嘹盯著燭火，露出了吃驚不已的神情，站在火邊打量注視了許久。

「你沒見過蠟燭嗎？」蘇麗綰笑問。

百嘹搖搖頭。

「把燭臺拿給他吧。」蘇麗綰轉身，對著扮演侍衛長的終絃吩咐。

終絃凜著臉，將燭臺舉起遞給百嘹。百嘹讚嘆不已地接下。

「你知道這是要做什麼用的嗎？」

百嘹看著燭火，思考了片刻，揚起笑容。

他拉起終絃的手，將燭臺傾斜，讓蠟油滴在對方的手上。

突如其來的炙熱讓終絃皺起了眉，把手抽開，森然瞪著百嘹。

「放肆！」終絃伸手，打算將百嘹制伏。

但百嘹反過來抓住對方的手，接著另一手快速地抽下侍衛長的腰帶，靈巧一揮，纏上了終絃的雙手。

百嘹拉緊腰帶，向後方扯動。終絃重心不穩，單膝跪下，以臣服的姿態，跪在百嘹面前。

百嘹笑了笑，再度舉起燭臺，將鮮紅的蠟液滴在終絃的身上。

「唔——住手！」

觀眾席再度躁動。

事實上，這一段原本是百嘹要對蘇麗綰做的。希茉一直想向她最喜愛的情欲派言情小說作者致敬，但因為終絃嚴厲反對，加上風紀委員不知從哪聽來影1A的戲劇演出尺度很過火這樣的消息，一直關切。

因此所有男女之間煽情的互動，都被改成同性，將挑逗解釋為挑釁，以擦邊球的方式保留原著，又不會逾越規定。

看著發出低吟的終絃，百嘹勾起了邪魅的笑容，完全沒有停手的意思。

「呃，嗯，腰帶和蠟燭不是那樣使用的……」蘇麗綰向前，接下百嘹手中的燭臺，扶起侍衛長。

但終絃並不領情，他甩開蘇麗綰的手，自己鬆開綑綁。

蘇麗綰笑了笑，笑中帶著點無奈的苦澀。她轉過頭，對著百嘹詢問，「你去過圖書館嗎？」

百嘹困惑地搖搖頭。

蘇麗綰牽起百嘹的手，帶著他探索皇宮。

日子一天天過去，百嘹王子日漸習慣陸地上的生活，和蘇麗綰公主之間更加親近。兩個人雖然無法用言語交談，但是卻能心意相通，一起笑鬧。

但是，蘇麗綰公主的目光，卻經常停在她的侍衛長身上。

四個月過去，當百嘹以為情況漸入佳境時，宮裡來了一名意外的訪客。

「您好，美麗的公主。」溫柔的嗓音響起，「我是鄰國的王子，也是數個月前在海濱救了您的人。」

穿著黑色禮服的冬犽，帶著陽光般燦爛的笑容，出現在宮中，對公主宣告自己的身分。

百嘹錯愕。他看著冬犽，不解對方為何要說謊，但他有口難辯。

冬犽王子以外交為由，住入了皇宮之中。

百嘹什麼也不能做，只能靜靜地待在一邊，看著冬犽王子取代他的位置，和公主有說有笑，融洽相處。

某夜，當百嘹在花園中散步時，背後傳來了這樣的質問。

「你喜歡公主，對吧？」

他回頭，發現是冬犽王子，眼底浮現不安與警戒。他回頭準備離開，卻被冬犽伸手擋下去路，抓住了手腕。

百嘹想甩開手，對方卻緊握著不放。

「我只是想和你聊聊而已。」冬犽漾起溫柔的微笑，「我聽公主說了你的來歷，對你非常好奇。」

百嘹露出抗拒的眼神，瞪著冬犽。

「不錯的眼神。」冬犽靠近百嘹的臉，壓低聲音開口，「你覺得，公主會和一個身無分文、來路不明的人在一起？就算她有那份心，國王也不會同意的。」

百嘹移開了目光。

「愚蠢的傢伙，你以為這樣的景況能持續多久呢？」冬犽微笑，鬆開對方的手，「晚安，夜風比海水寒冷，早點進屋休息吧。」

舞臺後方，封平瀾撐著頭，看著臺上的演出而出神。

……這樣的景況能夠維持多久呢？

他不知道。

嘗過了快樂的滋味，有辦法再度面對孤獨嗎？

他不想知道。

Chapter9

從此，人魚王子和海妖過著天天觸手play的幸福日子

幕降、幕升。

冬犽王子很快地贏得了宮廷裡所有人的好感。出於政治利益，國王決定將蘇麗綰公主許配給冬犽王子。兩人的婚期定在耶誕節當日。

那也是百嘹化為人類的最後一天。

百嘹對於事情的發展一籌莫展，只能看著宮廷上下緊鑼密鼓地籌備婚事。

這天清晨，他獨自來到了海邊，看著大海。

那曾經是他的故鄉。

還剩四天……

百嘹勾起嘴角，露出了自嘲又無奈的笑容。

忽地，海岸邊傳來了叫喚聲。

「親愛的弟弟。」

百嘹回頭，看見他的人魚兄姐們出現。他錯愕驚訝，又羞愧不已，打算轉身逃離。

「別走，我們不是來責備你的。」曇華開口，「我們都知道，你為了所愛，失去了聲音，化成人類……」

百嘹停下腳步，困惑地看著自己的手足。

「你失蹤後，我們去找了海妖，她告訴了我們一切經過。」伊格爾道。

一旁的璁瓏不停地搔抓著手臂。

薄紗的材質讓他過敏，他一直覺得渾身發癢不自在。

百嘹低下了頭。

「……為了愛情而付出，這樣的情操是可貴的……」希茉以細如蚊聲的嗓音開口。

「你的願望達成了嗎？」璁瓏拔下裝飾的貝殼搔刮著背部，以此止癢，「你和你的愛人結合了嗎？各種方面的結合？公主懷孕了嗎？她生出來的是胎兒還是魚卵——啊唷！」

璁瓏亂唸臺詞，被希茉用海螺暗暗地刺了一記。

百嘹苦笑著搖了搖頭。

「噢，我可憐的小王子……」曇華憐惜地輕嘆。「我們——」

「我們早就知道這樣的發展所以和海妖詢問了解決方法她給了我們一把刀只要在最後期限之前把刀刺入公主的心臟你就能免於化為泡沫的命運了！」

墨里斯僵硬地漂浮在海面，一口氣爆出所有對白。

一時間，場面陷入尷尬的沉默。

「嗯，就這樣。」璁瓏附和。

百嘹為難地看著自己的兄姐們，糾結不已。但，為了不讓他的手足為難，他還是收下了刀。

當天晚上，夜深人靜時，百嘹帶著那把刀，悄悄地步出房門。

但他前往的不是公主的臥房，而是貴賓所在的廂房。

他輕輕地推開房門，走入。寬敞的床上，雪白的人影靜躺其中，像是一座雕像。

百嘹握著刀走向前，站在床邊看著冬犽王子。

冬犽緩緩地睜開眼，百嘹立即伸手，摀住了對方的嘴，同時一腳跨躍到床上，居高臨下地將冬犽壓制在下方，限制住他的行動。

冬犽看著手持凶器的百嘹，並沒有露出驚恐的神色，也沒有掙扎，似乎早就料到對方會出現。

他將壓在自己臉上的手推開，揚起笑容，輕聲詢問。「不動手嗎？」

百嘹沒有反應，就這樣望著冬犽。

「就是這樣的愚蠢和軟弱，讓你總是陷入絕境之中……」冬犽無奈地搖了搖頭，開口宣布自己的身分，「其實，我就是黑沼海妖。」

對於這突如其來的真相，百嘹似乎並不詫異，他依然靜靜地橫在冬犽上方，靜靜地看著他。

冬犽挑了挑眉，「你是認出我的身分，所以過來殺我這始作俑者，還是單純出於對鄰國王子的嫉妒，想刺殺情敵？」

百嘹輕嘆了聲。

「啊，忘了你現在無法開口。」冬犽苦笑，「你是什麼時候認出我的？我的外貌和之前完全不同，你是如何辨認？」

百嘹沉默。

他不曉得。或許在相見的那一刻，他就察覺到了。

「恨我總是阻攔你的戀情嗎？」

百嘹輕笑，搖了搖頭。

他為什麼不下手？

因為他發現，海妖和他一樣，為了所愛之物，而做出了蠢事。

他為了公主忍受痛苦化成人，海妖也是，為了他忍受痛苦化身成人類，追到皇宮，阻撓他的戀情。

海妖追逐著他的身影，就像他追逐著公主一樣。

他理解那種感覺，所以他無法恨這個人。

正因為他總是追逐著公主，所以他也發現，公主的目光始終停留在侍衛長終絃的身上。

他的情感，從一開始就不可能實現。

不是因為海妖的阻撓，而是因為公主心中早已沒有空位容得下其他人。

「不動手嗎？」

冬犽的手搭上了百嘹握著刀的手臂，「殺了我，變成泡沫的咒語就會解除，你的聲音也能取回。」

百嘹把刀抵向冬犽的頸子。

冬犽閉上了眼。

但百嘹沒有將刀刃刺入對方的心臟，他的目光被衣襟裡閃耀的黃光給吸引，他伸手，解開冬犽胸前的釦子，看見了藏在衣服底下的項鍊。

項鍊上掛著一片金色鱗片，半透明的鱗片在月光下流轉著琉璃般的光彩。

那是他的鱗片。但這鱗片的大小卻是幼魚尺寸，看來已經保存多年——

百嘹露出恍然的表情。

一段塵封的記憶被勾起……

許久以前，當他年幼時，曾誤闖黑暗海域，迷了路，更被鯊魚攻擊受了重傷。他逃到一個海溝之中，被一個雪白的身影所救。

意識不清之下，他只記得一雙溫柔的手替自己包紮、餵藥。當他醒來時，自己已經身處人魚皇宮附近的海域。

隨著年齡成長，這段回憶被壓到了記憶深處，未曾想起，直到現在。

是你啊……

百嘹笑了。

接著，他舉起刀刃，揮下。

刀尖刺入自己的胸口，噴出溫熱的血，他無力地癱倒在冬犽身上。

「不！」冬犽將百嘹扶起，跪在他身邊，「你為什麼要這麼做！」

百嘹笑了笑，閉上了眼。

冬犽拿起刀，猛力劃開自己的手腕，將自己的鮮血流入百嘹的傷口之中。

迷茫間，百嘹覺得胸口傳來一股暖流，包覆住傷口，一點一點地帶走疼痛。

「……自始至終，你都很愚蠢……」他聽到有人在他耳邊輕聲呢喃。「我也是……」

次日，百嘹醒來時，發現自己仍處在宮廷之中，他不僅沒有死，也沒有變成泡沫，並且，他重新得到了他的聲音。

冬犽消失了。而且皇宮中沒有任何人記得他的存在，他就像泡沫一樣，消散得無影無蹤。

百嘹在宮中住了一陣子，日子就像冬犽出現之前一樣，平靜而和諧。

但他思考了許久之後，決定辭別。

「我得走了。」

「去哪裡？」蘇麗綰好奇地詢問，「你不喜歡宮廷的生活嗎？」

「我不屬於這裡。」百嘹微笑著回答，「我要回我的故鄉，找我真正想要的東西……」

百嘹向公主要了條船，獨自划著小船來到大海中央。

他看著海面。海水很深，底下藏著他曾經居住過的王國。

百嘹站起身，縱身一躍，跳入海中。

冰冷的海水將他包圍，鑽入了他口中、肺中，剝奪他體內的氧氣。

曾經那麼熟悉的海洋，此時卻充滿敵意，吞噬他的生命。

他從海中看著海面的波光，視線漸漸模糊。

再度睜開眼，他正處在一個幽暗的洞窟之中，石穴內亮著幽暗的鬼火，忽明忽滅。

他變回了人魚。

「你不知道人類無法在水裡呼吸嗎？」嘲諷聲從一旁響起，「看來你比我想像中更加愚蠢……」

百嘹回過頭，發現冬犽正站在自己身旁。此時的他身穿一襲黑袍，黑袍下方，露出了章魚的觸角。

「因為我知道你一直在看著我。我也知道，如果你活著的話，一定會來救我。」百嘹忽地伸出手，抓住了冬犽胸前的鍊墜，「就像我小時候一樣。」

冬犽微愣，「你想起來了？」

百嘹點點頭。

「所以，你是來問我為何救你嗎？」

「我早就知道答案了。」百嘹用力地拉扯項鍊，讓冬犽貼近自己，接著，勾起魅人的微笑，「這也是我回來的原因。」

冬犽被拉到百嘹身前，略微錯愕。

「我倒是不曉得，原來你有這麼粗暴的一面……」

「你不知道的事還有很多。」百嘹伸手，探入冬犽的黑袍之下，「上次來找你時，你的胸圍和僧帽水母一樣巨大。」他放肆地撫摸，「哪一個才是你的真面目？」

「你這傢伙……」

冬犽想反抗，但他只有一隻手能動。當初為了救百嘹而割傷手腕時，下刀太深，導致他至今尚未復原，無法自由使用左手。

「你的手不能動嗎？」百嘹笑著牽起冬犽的手，「沒關係，我在陸地上學會了很多知識。公主的圖書館裡放了不少有趣的書，宮女們都偷偷借去看。」

冬犽發出輕笑。

「你知道蠟燭嗎？那是個很不錯的東西……」

兩人的身影沉入暗礁之後。

幕落。劇終。

觀眾席爆出了震耳欲聾的掌聲。

表演結束後，影1A的所有學生都累癱了。忙亂緊湊的學園祭，終於可以告一段落。

收拾完道具之後，大部分的人回到自己的攤上休息，沒有餘力再去逛攤或看表演。

封平瀾窩在教室的角落，本想等著看結束的煙火，但等不到閉幕儀式，就趴在桌上睡著了。

百嘹、希茉和墨里斯在收攤前跑去逛最後一圈。冬犽和璁瓏則是決定提前離開。

冬犽背著睡著了的封平瀾，步出教室，打道回府。

天上的煙火持續地放著，和諧的樂聲也依舊迴盪在校園之中。

天空被魔法製造出的煙火填滿，在煙火之中，其他四所影校在廣場上的攤位一一消失。

隨即，連接五校的通連結界再度打開，學生們各自散去，返回自己的母校。

璁瓏一邊啃著牛奶冰，一邊看著天上的煙花，臉上漾起安心的笑容。

「很棒吧。」冬犽開口。

「嗯？」

「在幽界很少有這樣的慶典，只有王族誕生或王者繼任時才會慶祝。人界幾乎每天都有慶典，次數和幽界戰爭的天數差不多。」

「噢，是啊……」

璁瓏回想起在幽界的日子。

在幽界沒有那麼多慶典，或許是因為對妖魔來說，光是活著就值得慶幸，再多做歡賀便是奢侈。

在幽界，殺戮和戰亂才是常態，和人界正好相反。

「這裡如此安逸美好。雖然仍有戰亂和貧乏之地，但只要出了個慈悲的王者，那些戰火和困乏都會得到撫平。」

璁瓏停頓了一下。「什麼意思？」

「幽界，有什麼值得你懷念的地方？」

璁瓏沉默。

確實，幽界的一切都不如人界美好。但是，那裡畢竟是他的故土，再怎麼不堪，他仍對幽界抱持著依戀。

「或許，可以在這裡建立屬於我們的樂土……」冬犽幽幽輕語。

「冬犽，你在說什麼？」

「我的意思是，」冬犽笑了笑，「若是能早點找到雪勘皇子就好了。」

校園裡頭一片歡鬧，校外卻是滿目冷清。

所有的喧囂歡騰都被封鎖在結界裡，在外人眼中，夜晚的學園就像一般假日一樣，黑暗無聲。

一個鬼鬼祟祟的人影在曦舫的外圍徘徊，打轉。

是白理睿。此時的他戴著口罩、圍著圍巾，背後揹著個背包，看起來極為可疑。

他原本想從側門潛入學校，但側門有兩名工友坐在那裡聊天，一聊就聊了好幾個小時，害他無法進入。

接著他來到了宿舍門口。

警衛室的燈光亮著，遠遠地就看到那不分晝夜都戴著墨鏡、喝著檸檬紅茶的管理員坐在裡頭，看著小電視。

白理睿深吸了口氣，故作鎮定地走向前，想假裝沒事般地穿過宿舍大門，進入其中。但是還沒跨過鐵門，就被管理員斥聲制止。

「喂，住宿生明天早上才能回來喔！」

「喔！是喔？」白理睿假裝吃驚地開口，懊惱地拍了一下額頭，「啊呀，我記錯時間了！」

管理員撐著頭，上下打量了白理睿一番。

「你是被女生宿舍列入黑名單訪客的那個學生嘛。」

「噢呃，嗯，那只是誤會。」

女生宿舍有部分區域是對外開放的，像是交誼廳和讀書室。白理睿在開學時有一陣子常去交誼廳吃晚餐，順便和女學生搭訕，但沒多久就被集體投訴，勒令不得進入。

「你不是性騷擾宿舍長嗎？」管理員沒好氣地開口。

「我只是說她身上有股迷人的香氣，問她是不是也使用了賀爾蒙香水，她的體香足以讓整棟男宿的學生發情，如此而已。」

「這就是性騷擾！你打扮成這樣該不會是來偷內衣吧?!」

「呃，不是的！就算要偷，我也是偷少女的芳心，內衣在我眼中只不過是贈品——」

「夠了夠了。」管理員嫌惡地揮了揮手，「總之，今天不能住宿。去去去，快點離開！」

「喔，好啦……」白理睿轉過身，匆匆撤退。

當他轉身時，管理員察覺到一絲淡淡的妖氣。

他瞇起眼，盯著白理睿的身影。

白理睿走到街角，招了臺計程車之後搭上離開。看起來非常普通，沒什麼異常。

大概是錯覺吧……

因為學園祭的關係，校內架起了巨大的結界，將所有的妖力和咒語限制在結界之中。那麼強大的魔法，讓這一帶的磁場也受到了些許的影響，變得不太安定。

管理員哼了聲，轉過頭，繼續盯著電視，過著他無聊的守衛人生。

計程車駛到市中心，在一間飯店前停下。

白理睿下了車，走入飯店，直達頂級客房所在的樓層，走到其中一間房前，刷卡，入房。

一進房中，背上的背包自動開啟，躍出一個紫色的小巧身影。

「好悶喔。」玖蛸跳到桌面，脫下了圍在脖子上的羊毛氈圍巾，接著跳到了鋪著軟墊的沙發上。

白理睿立刻訓練有素地打開冰箱，拿出削好並切成丁狀的桃子奉上。

「這學校果然有問題，就算沒進去，也可以感覺得到裡頭的磁場和平常不一樣。」玖蛸一邊吃著桃子一邊開口，「一定是那些召喚師在裡頭搞鬼。」

「是是是。」白理睿一邊附和，一邊拿出濕紙巾，擦拭滴在對方臉上的桃子汁。

「不曉得他們在做什麼，我一定會查清楚的。」

「小玖呀，」白理睿放下紙巾，「你還是想回到三皇子身邊嗎？」

「我要是出現，三皇子一定會很驚訝；我要是說出了奎薩爾他們的情報，三皇子一定會更加驚訝，並且恢復我的職位，把我升到更高的位階。」

「你不是說他討厭召喚師，也討厭和召喚師合作的妖魔？」白理睿提醒，「而且你和我訂了契約喔。」

「我知道。」況且，就算被升到再高的官階，一旦情勢不利，他相信，三皇子還是會再一次拋棄他。

「所以，這樣悠哉快樂地過日子就好了呀。」

玖蛸默默地連吃了好幾塊桃子，開口，「但我還是想要查清楚。不管是奎薩爾和人類立契的理由、曦舫的祕密、還有十二皇子的下落，我想要在所有人都察覺之前，早一步知道所有的真相。」

三皇子也好，協會的召喚師也好，那些「大人物」隨便一個決定，就把整個世界搞得天翻地覆。

「是是是。」白理睿應聲。

這幾天相處下來，他已經習慣了玖蛸的反覆不定。玖蛸既不甘心被三皇子拋棄，又經常想著要回到三皇子身邊、得到三皇子的讚賞。他一直在這樣的擺蕩不定中糾結。

唯一能讓玖蛸分心的只有桃子，還有日本動畫。

「要不要看新番的連載？我開網路電視。」

「好！」玖蛸開心地坐直身子，盯著大畫面的液晶螢幕。

在播放片頭曲時，白理睿好奇地開口，「話說，三皇子都奪得王位了，還擔心十二皇子會捲土重來，那個雪勘皇子有這麼厲害呀？」

玖蛸遲疑了一秒，「……鴆慈殿下還沒登基。如果他登基了，就是王，而不是三皇子。」

「還沒登基？他不是已經得勝了？」

「因為六皇子和九皇子不服。六皇子羅騰和九皇子雅瑣是敗在雪勘皇子手下，雪勘皇子沒有將其趕盡殺絕，只要求他們宣誓效忠。兩位皇子對於雪勘殿下的仁慈相當感念，因此他們無法認同服從三皇子在皇位之戰得勝的方式。」

「為什麼？」

「……雪勘殿下最信任、最親近的兄長，就是鴆慈殿下。鴆慈殿下利用了這份信任，在大戰將終結時背叛了他，奪取勝利之位。」

六皇子和九皇子只接受王座上坐的是雪勘。既然雪勘不在了，他們也沒有繼續順服的理由。

皇位之戰並未終止。

「所以，三皇子來人界，是為了徹底打敗雪勘皇子，讓眾人認同他的能力嗎？」

「那只是原因之一，他的目的不只如此——開始了，安靜。」

片頭曲結束，內容開始。

白理睿看著玖蛸小小的身影，安撫地拍了拍他的背。

「不管你想做什麼，只要幫得上忙我會盡量幫。」他停頓了一下，「封平瀾是我的朋友，其他人雖然嘴巴很賤，但是都對我很好。可以的話，我希望不要傷害他們。」

「可是，他們傷害過我。」

「玖蛸……」

「噓！安靜，看電視。」

深夜。

遠離校園數百哩以外的偏遠郊區，黑色外觀的殯儀館亮著招牌燈，在孤夜裡有如一隻窺視的眼。

黑影閃動，進入屋中，潛入藏在鏡後的門，來到了深入地底的空間之中。

「耶誕快樂呀。」蜃暘頭也不抬地開口。

他頭上戴著紅色的耶誕帽，手中拿著印有雪花圖案的杯子，啜飲著濃稠的熱可可。

蜃暘抬眼望了站在櫃檯旁的奎薩爾一眼，挑眉，「今天只有你來？好好的假日，怎麼沒和你的夥伴們聚在一起？你的契約者應該很希望和你一起唱耶誕歌、拆耶誕禮物吧？」

「我需要更多情報，給我新的任務。」

「怎麼這麼急呀？紳士怪盜的事件解決還不到三天呢。」蜃暘笑了笑，啜了口可可。

「每逢佳節倍思親，是因為處處團圓的美好佳節，讓你對雪勘皇子的思念加深的緣故呢？還是……」妖異的雙眸泛起戲謔的笑意，「你動搖了？」

「啪！」

握在掌中的杯子，被一道黑影劃過，裂成兩半。斷裂的馬克杯墜落地面，砸成碎片。

「啊呀啊呀，你這個沒禮貌的傢伙，我很喜歡這個杯子的說……」屘暘皺起了眉，彎腰撿起杯子的碎片。「這是我第一次收到的耶誕禮物……」

異色的雙眸，閃過了一絲惱火的殺意，但很快就消失，嘴角勾起了意圖不軌的笑容。

「你搭過郵輪嗎？學期結束後，要不要去海上玩玩呢？」屘暘笑著詢問。

「我需要更多雪勘皇子的情報。」

「先完成任務再說。」屘煬撐著頭，臉上漾著意味深遠的笑容，看著那寒凜的面容，「笑一個嘛。你絕對不知道我對你有多麼慷慨……」

奎薩爾以冰冷的眼神盯著屘暘，片刻，轉身。

「我會再來的……」

頎長的身影旋縮，沒入影中，消失。

屘暘輕哼了聲，將杯子的碎片放在桌面，拿起紙巾，一一擦拭乾淨。

「你應該多討好我的……」屘暘喃喃低語，「因為我是唯一知道全局的人喔。」

他轉頭望了桌角那未完成的拼圖一眼，彈指，紙盒堆裡跳出三枚拼圖，嵌補上畫面中的空位。

惡魔的領地，變得更大片了些。

「你的未來受我操控。要是我不高興的話，隨時可以把你推到死路上唷。」

奎薩爾離開殯儀館後，返回曦舫，醫療大樓裡的辦公室。

一進入室中，他便感覺到了一股淡淡的咒語波動。他朝著波源望去，發現自己的辦公桌上，放著一個盆栽。

盆栽裡長著一棵小樹，樹上結著紫紅色的果子。是櫻桃。

他蹙眉，對著這憑空冒出的東西感到不解。

眼角餘光發現了盆栽底下壓著一張紙，抽出一看，是張卡片。

卡片上畫著臃腫福態的耶誕老人，長滿鬍子的肥碩老臉上，擠著張深深的笑靨。

打開卡片，躍動的字跡出現眼前。

祝奎薩爾耶誕快樂！

PS. 那個盆栽是向瑟諾老師要的，上面有生長的咒語，只要每天澆水就會持續結果子！

我偷摘了一顆來吃，味道不錯喔！

沒有署名。但會做這件事的，只有一個人。

奎薩爾把卡片放回桌面。

他盯著那株盆栽，片刻，像著了魔一般，伸手，摘下一顆殷紅的果實，放入嘴中，咬破。

鮮紅如血的汁液流出。

雖然帶著香甜的氣息，但嘗在奎薩爾的嘴裡卻是苦澀無比。

耶誕節隔日，公館裡的房客們一醒來，就發現自己的房裡多了個禮物盒。

「這是怎麼回事？」

眾人端著盆栽，跑到封平瀾的房間興師問罪。

「啊？」封平瀾穿襪子穿到一半被打斷，一屁股跌坐在地。他坐起身，「就……耶誕禮物啊！」

每個人的禮物盒裡，都裝了一個盆栽，和一張卡片。

卡片上的內容每張都一樣，寫著耶誕快樂四個字，但盆栽裡的植物卻都不一樣。

「希茉的是山茶，花瓣的顏色和希茉的頭髮一樣好看。」

希茉不好意思地低下頭，髮絲垂到花旁，連成一片豔麗的桃紅。

「璁瓏的是香莢蘭，就是香草，它的味道和牛奶很搭。」

「喔？」璁瓏挑眉，將鼻子湊近嗅了嗅，點點頭，「嗯，可以接受。」

「百嘹是鬱金香。」

「為什麼是鬱金香？」百嘹挑眉問道。

「只有鬱金香在歷史上曾經影響一個國家的經濟。十七世紀的荷蘭，整個國家都對鬱金香趨之若鶩，甚至為之傾家蕩產。就像百嘹一樣，有著魔性的魅力，讓人著迷瘋狂。」

「謝謝，這個理由我很滿意，呵呵呵……」

封平瀾看向海棠，繼續解釋，「海棠雖然叫海棠，但我覺得玫瑰和你比較搭。玫瑰需要細心照料，卻又長著傷人的刺。這麼傲嬌的花，就和海棠一樣！」

「胡說八道！這理由爛透了！」海棠怒然駁斥，但還是乖乖地把花收下。

「曇華的是鳶尾花，我覺得曇華的氣質就像鳶尾一樣，挺拔又優雅。」

「謝謝您，平瀾少爺。」曇華目光感動地看著手中的花朵。

「冬犽的是豬籠草。我想說你的花圃裡已經有很多漂亮的花了，所以就送盆實用的植物。豬籠草會吃掉蚊子、蒼蠅和各種小蟲喔。」

「太好了，我正需要這個。」冬犽喜不自勝地道謝。

墨里斯端起他手中那盆濃密的翠綠色細草，怒然質問。

「別人的都是有名堂的植物，為什麼我的是一盆雜草?!」

「和你很相配啊。」海棠風涼地開口。

「囉嗦！你的花長得像宗蜮的乳房！」

百嘹皺起眉，「你看過他的胸部？」

「換戲服時看到的……幹嘛！你那是什麼表情！」

「沒想到你有偷看同性裸體的癖好啊？」海棠撇了撇嘴。

「我沒有偷看！他就在我的視線範圍內脫衣服！我當然會看見！臭小子你那是什麼表情！」

璁瓏嘖嘖稱奇，「我知道這種情況。遊戲社團裡有很多女生在討論男人與男人之間的深度互動，看來你也趕上了人類的潮流呢！」

「潮個屁！欠揍！」

「那不是雜草啦！」封平瀾趕緊出聲解釋，「那是貓草喔！」

墨里斯微微一震，接著如獲至寶地看著手中的小巧盆栽。

「好傢伙！」墨里斯用力地拍了拍封平瀾，「好傢伙！」

冬犽看著盆栽，對封平瀾揚起感謝又歉疚的表情，「謝謝你的心意。你為我們付出這麼多，我們卻沒有準備你的禮物。」

「噢噢，不用禮物啦！」封平瀾豪邁地揮揮手。

「但是——」

「事實上，我已經收到禮物了喔。」封平瀾宣告。

當眾人正不明所以，等著封平瀾繼續解釋時，封平瀾咧起燦爛的笑容。

「你們就是我的禮物！」他忽地跳起，三八地朝著眾人撲抱而去，「你們全是種在我的祕密花園裡的小花兒！哈哈哈哈哈！」

眾妖紛紛露出嫌惡表情閃避。

「走開！」

「神經病！」

「再不放手我就把你種在前院！」

Epilogue

矇矓不明的道路逐漸清顯

行政大樓頂樓，理事長辦公室。

穿著白袍的男子，一臉凝重地坐在大方桌後，眉頭深鎖。

殷肅霜恭敬地候在桌前，等著聽取命令。

「有新消息？」

「總部那裡傳來消息，這個月已經是第四名召喚師失蹤了。遺骨已經尋獲，是德利索家的羅伯特。」理事長沉重地開口。

「元老院核心席的德利索家族？」殷肅霜挑眉，「協會有什麼動作？」

「他們只是調派了更多人手投入調查，但仍沒有頭緒。」

「是不從者下的手？」

「似乎是。但這幾次的失蹤案件，有個不尋常的地方……」理事長眉頭蹙起，「他們的契妖全都下落不明。」

「或許是全被殺了。」

「要是被殺，也會留下屍體殘骸，但協會目前只找得到召喚師的遺體。另外，我發現了這個……」

理事長將面前的公文袋打開，抽出張印著圖像的紙。

殷肅霜接下，紙張上印著的是監視器的畫面截圖。

圖中有兩個人影，一個是穿著黑衣的男子，面部模糊，看不出樣貌；另一名是個身材高大魁梧的壯漢，剛毅的面容有著軍人的神態。

「這是瓦爾各，羅伯特的契妖。」

理事長指了指畫面上的人，「這張照片是在耶誕節當天拍的，地點是在法蘭克福的街道。那天，當地也有一名召喚師失蹤……」

「羅伯特的死亡時間是？」

「平安夜當晚。」理事長指了指瓦爾各，「瓦爾各在契約者死亡之後，沒有重返德利索家，和新的繼任者立約，而是在外頭遊蕩。」

殷肅霜沉默片刻，了解事情的嚴重性。

妖魔若失去了契約的守護，便會在人界逐漸衰弱、死亡。協會的召喚師被不從者殺了，但他的契妖卻還在人間活動，這只有兩種可能。

第一，不從者找到篡改契約的方式，接收了那些契妖；第二，契妖改和皇族的人訂立契約……

「與你的預知夢越來越相應了。」殷肅霜開口，「你告訴協會你領受到的神諭了嗎？」

理事長搖了搖頭，「之前提過一次，就被視為是想譁眾取寵的異端。」

他表面上在協會身處高位，但實際上卻是個被主流排擠的邊緣人。

「那張監視畫面也是我自己找來的。我調了事發現場附近的監視器，找到了這個線索，但是協會認為那只是巧合，他們認為不從者不可能有那麼大的力量足以破解咒語，認定瓦爾各是被操控，不從者一面利用他、一面任由他衰弱死亡。」

殷肅霜沉默不語。

協會的自大與驕傲，使他們的雙目被蒙蔽，最終將會走向死亡之路。

「這個人……」

殷肅霜指了指瓦爾各身邊的黑衣人，「是不從者嗎？」

「對。」理事長看著那張模糊的面容，「他的身上下了紊亂的咒語，所以監視器和相機都無法明確拍攝他的樣貌。」

那頭黑髮，在他心中勾起了一陣不安。

「下一步該怎麼走?」

「讓封平瀾繼續接任務。我們不能明著調查,只能透過他們旁敲側擊,逐步接近真相,逐步拼湊出全貌。」

「好的。」

理事長長嘆了一聲,低沉開口,「昨晚,我又做夢了……」

在夢裡,他看見新的異象。

世界陷入妖火和咒語所產生的濃霧之中,一片混沌,看不清方向。

一名戴著兩個面具的小丑,凌駕在世界之上。

小丑的雙腳被枷鎖捆縛,但他看起來並不為此感到困擾。

他浮在空中,堆疊著兩座塔,一座是黑色,一座是灰色。砌成高塔的磚石上,以古老的文字刻著人名。

小丑有時專注在灰色的塔上,有時則專注於黑色。當他堆塔時,地面上的混沌便會產生變化。

最後,小丑決定,一口氣將黑色的塔堆高,遠超過灰塔的高度。

然後他轉身，打算一腳將灰塔踢垮。

但是，正要抬腿時卻發現，灰塔的底端萌生了一株綠色的苗芽。

苗草向上生長，溫柔地纏住了小丑的腳踝。

小丑猶豫地看著腿上的嫩草，放下腳，打消了毀壞灰塔的念頭。

「這是什麼意思？小丑是指不從者嗎？那兩座塔……代表的是協會和不從者？」

「我還不明白……」

理事長抬起頭，露出堅定的神情，「我只知道，當世界陷入混沌，小丑恣意妄為時，天空中仍有一雙慈愛的雙眼，在眷顧這個世界。」

翠綠的雙目垂眸，側耳聽著旁人無法聽見的細小耳語。

手掌伸出，停在桌面中央的古老手抄聖典上方。

書封上的三角形符紋閃起火紅的光。下一刻，書頁像是被一陣狂風吹過，猛地攤開，輕薄的紙頁快速地飛動。

當書頁停下後，他收回手，綠色的眼眸望向頁面。躍入眼中的字句，讓澄澈如翠林的眸中籠上了烏雲。

——有仇敵從曠野、從可怕之地而來，好像南方的旋風，猛然掃過。令人悽慘的異象已默示於我，詭詐的行詭詐、毀滅的行毀滅——

——《妖怪公館的新房客06》完

Side story

綵排時的小插曲

蔚藍的波光蕩漾，空氣中飄散著海洋的氣息。

金色的髮絲上綴著貝殼髮飾，俊美的容顏憐惜地望著躺在懷中昏迷的女子。

修長英挺的上半身，穿著服貼的銀蔥混紡彈性布料，半透明的薄紗緊貼著肌膚，勾勒出身形；上頭嵌著細小的鱗狀亮片，隨著光線閃耀出水晶般的光輝。

「多麼美麗的可人兒……」百嘹將蘇麗綰輕柔地放在沙灘上，深情款款地望著那沉睡的美人，「不知日後，是否還有相見的機會呢……」

身著華麗禮服的蘇麗綰，躺在地上，雙眸緊閉。她的衣裳被海水浸溼，雪白的衣衫黏貼著身軀，曲線若隱若現。開衩的禮服下襬，露出一截勻稱的腿。

百嘹牽起蘇麗綰的手，在手背上輕輕一吻。

接著，在手腕吻了一記。

閉著眼睛的蘇麗綰微微地抖了一下，但仍敬業地維持昏迷。

停留在手腕上的唇向下移，接著，一路在手臂內側留下一串細碎的吻。

蘇麗綰忍不住偷偷睜開一隻眼，對著眼前的人投以質疑的眼神。

劇本上不是這樣寫的吧？

百嘹勾起笑容，「如果日後無法相見，不如把握今宵，縱情一夜——」

「停停停！」斥喝聲從一旁響起。

「你在演什麼鬼東西！」柳浥晨手握著捲成筒狀的劇本，用力地敲著桌面，「是人魚王子，不是淫欲王子！不要擅自加入肢體互動！」

百嘹笑呵呵地站起身，「但是多一點親熱的畫面，比較有意思吶。畢竟都穿成這樣了……」

他張開雙臂，展現自己穿著特製戲服的身軀。綴著細亮片的彈性薄紗包裹著整個身體，誠實地勾勒呈現身體的線條。布料近乎透明，帶著點淺淺的藍綠。胸膛處開了V領，露出大面積的胸膛。下半身以相同的布料做成飄逸的魚尾，透明的布料下穿著米白色的三角泳褲，泳褲的褲頭被修改成低腰，呼之欲出——

不只百嘹，璁瓏、墨里斯、海棠和幾名男學生也都穿著同款式不同色系的服裝。除了璁瓏，其他人都低著頭，臉色非常尷尬難看。

扮演人魚的女生，上半身穿著平口比基尼，下半身則是和男生一樣，穿著短泳褲和魚尾狀的外裙，纖細的雙腿在薄紗下方隱然可見。

學園祭的第一階段在前天結束，中間休息兩日，讓各個班級籌備慶典的表演與攤位。

由於影1A同時負責演出和擺攤，大部分的同學都參與了試煉，因此人力相當吃緊；加上人魚的戲服是訂做的，比其他人的戲服晚到，因此直到試煉結束的第一日才正式排演，在此之前都只是對對臺詞而已。

影1A的教室，因為施了空間的魔法，面積比平時大上三倍。靠近黑板的三分之一空間，閃爍著水藍色的波光，有如海底世界。波光裡蕩漾著珊瑚和水草的影子。靠前方處的地面，則是一片沙灘。

所有學生在上午七點便集合，原本預計中午以前排演二至三次，然後就可以休息，但此刻已是下午三點，他們才勉強進行到三分之一的劇情而已。

光是說服演員們穿上戲服就花了不少時間，加上主角群總是不按劇本演出，使得排練嚴重拖延。

「我們扮演的是半人半魚的生物對吧。」剛換上戲服，還沒開演，璁瓏就率先發表意見。

「是。有什麼問題嗎？」柳浥晨不耐地道。

「這樣的話，為什麼是上半身人、下半身魚，而不是上半身魚、下半身人，或左半邊魚、右半邊人啊？」

「童話原著就是這樣寫的，我們照演就是。」

「漢斯在成為作家以前當過織工和裁縫的學徒，他沒當過船員、漁夫或是任何與海洋有關的職業，他憑什麼肯定人魚長什麼樣子？」璁瓏不服氣地道。

「漢斯是誰啊？」柳浥晨挑眉。

「就是安徒生啦。」封平瀾解釋，「漢斯・克里斯汀・安徒生是他的全名。璁瓏看了劇本之後對這個故事很感興趣，所以去查了原著，還看了不少有關海洋動物的研究報告。」為什麼他知道？因為書是他陪璁瓏去借的。

柳浥晨看向璁瓏，「那就是漢斯虛構的生物。和神奇寶貝一樣都是假的，可以了吧？」

「不對。在漢斯寫這篇故事之前，就出現了上半身人、下半身魚的人魚傳說和神話了，所以這生物不是漢斯虛構的。但是我查遍資料，唯一有學理根據，又被普世稱為人魚的生物，是儒艮。」璁瓏拿出手機，點了幾下，叫出儒艮的影片，遞到柳浥晨面前。「這，才是人魚。」

畫面上是個淺藍色的海域，一隻灰白肥腫、看似海象的龐然生物，悠哉地在海中載浮載沉。

「如果按照你的標準，班上唯一能演人魚的只有宗蛾。」柳浥晨把手機推向璁瓏，「總之，我們要演的就是上半身人、下半身魚的人魚。」

「為什麼？只因為妳是人類，所以妳覺得人魚就該上半身是人？我強烈地質疑妳有種族中心主義！」

「這傢伙發什麼瘋？」柳浥晨皺眉。

「他昨天看了《逐夢大道》。」封平瀾苦笑。

柳浥晨瞪了璁瓏一眼，接著轉頭看向封平瀾，「給你三十秒搞定他。」

封平瀾無奈地望向璁瓏，「為什麼上半身是人，是因為那種生物叫作『人魚』不是『魚人』。雖然傳說的內容沒有科學考證，但這是因為人類目前的科技尚未發展到足以驗證，或是因為研究對象有意隱藏行蹤，所以無法得到確切數據。例如妖魔的存在對大多數的人類而言，就像傳說一樣。」

「喔，好吧。」璁瓏點點頭，對這個答案勉強接受，「確實有形體類似人魚的妖魔存在，不過他們比傳說裡的人魚凶悍多了，只是通常不會出現在人類的海域裡，而且不會用兩片貝殼遮住乳房。」

柳浥晨翻了翻白眼，「很可惜漢斯沒看過這種妖魔。」如果看過的話，世界上就沒有安徒生童話了。

璁瓏是第一個換好服裝的男生，然後是百喨。女學生的換裝速度慢了些，但都在十五分鐘內完成。接下來大概又過了半小時左右，扮演人魚的男學生們才萬分不願地姍姍來遲，藉著拖延時間來表達自己對服裝的不滿。

好不容易等到演員到齊了，開始排演，但一個場景演不到五分鐘就被打斷。

「人魚有乳房，所以是哺乳類囉？」

「我不知道！」柳浥晨煩躁地回吼。「回到你的位置上——」

「是哺乳類，因為人魚有肚臍，所以是胎生的。只有胎生動物會有肚臍，哺乳類裡除了鴨嘴獸以外全是胎生。」墨里斯開口解答。

「你怎麼知道？」

「上次在等管教惡貓的時候，看了一下海洋生物的介紹。」

「原來如此。」璁瓏點點頭，讚嘆地看著墨里斯，「真沒想到，你也會有解答我困惑的一天。」

墨里斯猙獰地勾起嘴角，手掌握拳，發出關節擠壓聲，「要我在你腦子上開一個肚臍眼嗎？」

璁瓏乖乖閉嘴。

「我比較好奇，這樣的身軀該如何交配吶？呵呵呵……」封平瀾偏頭認真思考，「水中重力只有陸地的六分之一，應該可以做出很多種變化吧？」

「噢，聽起來不錯，改天來試試。呵呵呵。」

「統統閉嘴！除了休息時間，不准說臺詞以外的話！」

雖然排演因為主角群而拖延，但值得慶幸的是沒有學生抱怨。女學生們很享受地欣賞人魚王子和他的兄弟們登場的每一個畫面；男學生們則是在女人魚和公主出場時，紛紛露出癡癡的傻笑。

「要是觀眾知道，整齣戲唯一的接吻鏡頭只有剛剛的吻手畫面……」百嘹輕笑道，

「可能會告我們詐欺呀。」

柳浥晨皺了皺眉，「那只是噱頭罷了，劇情不能太出格，還是必須忠於童話的本質……」

她振振有詞地回應，但怎麼聽都顯得有點心虛。

「我以為我們主打的是就是腥羶色呢，呵呵呵。」

「再怎麼胡搞還是要有底線，我們這樣已經算是遊走在尺度邊緣了！」

「可是，只有親手也太過保守了吧？就連動畫裡的艾莉兒都和王子接過吻了呢。」伊凡開口，同時厭煩地看著自己身上的服裝。「真正的問題是服裝吧？這戲服是誰選的啊！」

「班上女同學投票表決的。」柳浥晨沒好氣地開口，「況且，為了學園祭的表演就得在眾人面前接吻，這犧牲太大了，請為演員著想一下好嗎？」

「我無所謂唷。」蘇麗綰微笑著回應。

站在一旁的終紘，臉色又難看了幾分。

「那為了學園祭的演出露點就可以嗎?!」墨里斯不滿地抱怨。彈性薄紗布料，緊貼著精碩的身形。

「有亮片遮著，不算露點。」柳浥晨指了指墨里斯的胸口，「另外，連三句臺詞都記不好的人，沒有資格說話。」

按照劇本，人魚王子有五位兄姐，墨里斯扮演的是其中之一。至於另外四位分別由曇華、希茉、伊格爾與璁瓏扮演。

「我一句臺詞也沒有！為什麼也要穿這種可笑的服裝！」海棠咬牙切齒地質問。這簡直是莫大的羞辱！

「為了視覺效果。」柳浥晨上下打量了海棠一眼，勾起嘴角，「雖然一開口就變負分，但純觀賞的話還不錯。」

「海棠少爺很英俊，穿什麼都好看。」曇華在一旁幫腔鼓勵。

「住口！」海棠看著穿著戲服的曇華，眉頭皺得更深。

「有必要加入這麼多路人魚嗎？」同樣是路人魚之一的雷尼爾也出聲質疑。「不能只要有臺詞的角色出場就好？」

「那樣畫面太寒酸了！魚一胎可以產幾千個卵，海底世界可沒有少子化的問題。」柳浥晨看向海棠，風涼地開口，「要換角也可以啦。但這樣就沒人擋在她前面囉。」

別以為她沒發現，只要海棠和曇華同時出場時，海棠總是會故意站在曇華前方，像個人形馬賽克一樣滴水不漏地遮住曇華。

海棠怒瞪了柳浥晨一眼，憤憤然地低語，「巫婆這個角色……應該由妳來演……」

「不好意思。」柳浥晨聳肩，望向站在角落待命的宗蜮，「那位也是我們的賣點之一。」

宗蜮的臉部化上紫色的彩妝，全身覆蓋在黑色斗篷之下，斗篷的下襬處露出了章魚般的觸手。

儼然童話中的海妖降臨三次元，毫無違和感。

宗蜮自始至終都沒抱怨，但是臉色比平常更加陰沉駭人，嘴裡還不時地碎唸著咒詛般的話語。因為還沒輪到他上場排練，所以不曉得他的演出狀況如何。

希望不會又是顆未爆彈……

「我覺得很棒！」扮演人類侍從的封平瀾，以天真的嗓音開口說著，「大家都超美麗，比珍珠美人魚還要閃亮呢！不用唱歌就能拯救世界耶！」

柳浥晨愕愕，轉頭瞪向封平瀾的契妖們，「你們確定他已經恢復了？」

眾妖臉色一沉。

「難道是後遺症？」

「快帶他去殷肅霜那裡，順便把那庸醫一併叫來！」

「先拿塑膠袋，他等一下可能會吐。」

「不要怕，我們馬上就回家。覺得不舒服的話要說，千萬別勉強。」

看著契妖們嚴陣以待的態度，封平瀾尷尬地搔了搔頭，「呃，那個，我是在開玩笑啦，別緊張別緊張，哈哈哈哈。」

柳浥晨與契妖們瞪了封平瀾一眼。

「回歸正題，我覺得這戲服不錯。」璁瓏抬起手臂，晃了晃，上頭的亮片反映出藍紫色的光芒，「很像極光緞魚。場景比較有問題吧？我們的布景做成沙灘，所以是沙岸地形。既然是沙岸的話，從水深處到淺灘，至少會有上百公尺寬的潮埔，所以王子不可能下半身潛在海中、上半身橫抱著公主把她運放到沙灘上，而是要像彈塗魚一樣在沙地上匍匐前進，把公主以滾筒方式推到岸邊才對。還有，這個故事如果發生在丹麥的話，就不該出現海灘，丹麥的海域是峽灣地形——」

「璁瓏要不要喝牛奶？」封平瀾趕緊端出璁瓏喝到一半的牛奶，「綵排辛苦了，喝點東西休息一下吧。」

「我現在不渴——」

「你不想變成海上漂流屍的話最好快點喝。」伊凡低聲警告，偷偷看向臉色鐵青的柳浥晨。

「喔。」璁瓏乖乖地接下杯子，但手一個沒握好，牛奶灑了一身戲服都是，「啊，髒了。話說這個畫面好像曾經在希茉收藏的ＤＶＤ裡看過……」

柳浥晨捲起劇本，狠狠地往璁瓏的頭上敲下。

公演將近，究竟是否能順利演出呢？

——番外《綵排時的小插曲》完

高寶書版集團
gobooks.com.tw

輕世代 FW167
妖怪公館的新房客06

作　　者　藍旗左衽
繪　　者　譔
編　　輯　謝夢慈
校　　對　林思妤
美術編輯　彭裕芳
排　　版　彭立瑋
企　　劃　陳煒翰

發 行 人　朱凱蕾
出　　版　英屬維京群島商高寶國際有限公司臺灣分公司
　　　　　Global Group Holdings, Ltd.
地　　址　臺北市內湖區洲子街88號3樓
網　　址　www.gobooks.com.tw
電　　話　(02) 27992788
電　　郵　readers@gobooks.com.tw（讀者服務部）
　　　　　pr@gobooks.com.tw（公關諮詢部）
傳　　真　出版部　(02) 27990909　行銷部 (02) 27993088
郵政劃撥　50404557
戶　　名　三日月書版股份有限公司
發　　行　三日月書版股份有限公司/Printed in Taiwan
初版日期　2015年12月
十二刷日期　2019年12月

國家圖書館出版品預行編目(CIP)資料

妖怪公館的新房客 / 藍旗左衽著.-- 初版. -- 臺北市：高寶國際, 2015.12-
冊；　公分. --

ISBN 978-986-361-224-7(第6冊；平裝)

857.7　　104012619

三日月書版

三日月書版